Katerina Poladjan est née à Moscou en 1971, a grandi à Rome et à Vienne, et vit aujourd'hui à Berlin. Dramaturge et essayiste, elle est l'auteure de plusieurs romans avant celui-ci – dont *Une nuit, ailleurs* et *Peut-être Marseille*. Elle est aussi coauteure d'un récit de voyage avec Henning Fritsch, *Au-delà de la Sibérie*. Et comédienne – on l'a vue notamment dans les films de Fatih Akin (*Soul Kitchen*, *The Cut*, *Goodbye Berlin*), qui a acquis les droits d'adaptation d'*Ici, les lions*, son premier roman, sélectionné en 2019 pour le Prix du livre allemand.

La petite musique du futur

De la même auteure
chez le même éditeur

Ici, les lions, 2023

Katerina Poladjan

La petite musique du futur

Traduit de l'allemand
par Corinna Gepner

Rivages

Retrouvez l'ensemble des parutions
des Éditions Rivages sur

editions-rivages.fr

Collection dirigée par Delphine Valentin

Titre original :
Zukunftsmusik

Pour Alva

Играем

1

À des milliers de verstes ou de miles ou de kilomètres à l'est de Moscou, le squelette d'une station radar se dressait dans le ciel nocturne, faiblement éclairé par les lampes toujours allumées de l'usine d'ampoules électriques. Le mois de mars était doux, il faisait juste en dessous de zéro, et une neige sale recouvrait le sol sablonneux de la friche. De la neige scintillait aussi sur le talus, où la berge descendait en pente raide jusqu'à la rivière ; au fond, sur le cyclorama, étaient projetées de pâles étoiles, ce qui était joli, et en bas, Ianka le savait, le fleuve indolent et noir comme du goudron emportait tout avec lui, même le temps. Ianka s'assit sur une souche, remonta la fermeture Éclair de sa parka et alluma une cigarette. Sa main dégageait une aigre odeur de métal.

Au milieu du service de nuit, le contremaître avait rassemblé le personnel et brandi un poste de radio d'où s'échappaient les sonorités grésillantes de la *Marche funèbre* de Chopin. Vous savez ce que ça signifie, avait-il lancé avant de proclamer que ce n'était pas une raison pour baisser les bras, l'Union soviétique avait plus que jamais besoin de lumière.

Encore deux heures jusqu'au lever du soleil. Ianka jeta sa cigarette et la regarda se consumer dans le sable froid.

2

Des bruits sourds et des raclements dans le couloir tirèrent Matveï Aleksandrovitch de son sommeil. Il chercha de la main sa montre-bracelet sur la table de chevet et Gagarine glissa de sa poitrine. Il n'était même pas cinq heures et demie et Matveï espéra que Ianka ne réveillerait pas aussitôt son enfant comme elle le faisait d'ordinaire après son service de nuit, l'enfant commencerait à brailler et le dérangerait sensiblement dans son rituel du matin. L'oreille aux aguets, il gratouilla le crâne de Gagarine. L'année précédente, la fourrure du vieux matou s'était ternie, ce qui avait fait craindre à Matveï qu'il ne meure, mais la bête n'en avait pas la moindre intention.

Matveï Aleksandrovitch se leva et alluma la radio. On diffusait le troisième mouvement de la sonate pour piano numéro 2 de Chopin, la *Marche funèbre*. Il baissa le son, se plaça en sous-vêtements à côté du lit, se haussa sur la pointe des pieds, ce qui marquait le début de sa gymnastique quotidienne, et c'est alors que la petite Krochka se mit à piailler. Matveï se laissa retomber sur les talons et tendit l'oreille. L'enfant se tut. Il se pouvait encore que tout le monde n'ait pas été réveillé et ne se rende pas sous peu dans la cuisine commune. Matveï Aleksandrovitch enfila son peignoir et ses pantoufles, traversa sa chambre en deux pas et sortit furtivement. Il s'immobilisa un court instant dans le couloir, de la chambre du professeur s'échappaient des bruits évoquant quelqu'un qui tousserait dans le pavillon d'un tuba.

Sur le fourneau des Karisen était posée une grande casserole contenant du riz et des morceaux de viande. Sans allumer la lumière, Matveï prit une cuillère et mangea à même la casserole. La viande avait un léger goût de poulet. Ou était-ce de serpent ? Mais où les Karisen se seraient-ils procuré du serpent à cuisiner ? Même l'été, on ne trouvait dans le parc municipal que de malheureux orvets. Il avala encore quelques cuillerées, s'essuya la bouche avec une serviette usée jusqu'à la trame et promena son regard dans la cuisine, dont la lointaine origine aristocratique transparaissait à la lueur terne d'un réverbère.

Six locataires vivaient sous les stucs friables de la Gründerzeit et l'on s'évitait – autant que le permettait la situation. Matveï croisait rarement les occupants des chambres situées au bout du couloir, que ce soient les Karisen ou le vieux professeur, lequel menait une existence si discrète qu'il oubliait sans cesse son nom. Au centre du couloir officiait la Liebermann, à côté de qui logeaient – dans la plus grande pièce – les Kossolapy. Matveï avait davantage de relations avec les dames du début du couloir, leur chambre étant en face de la sienne.

Matveï Aleksandrovitch posa la cuillère dans un baquet de vaisselle sale. Le manque de propreté était un sujet récurrent et lassant au sein de l'appartement communautaire, mais les Karisen finissaient toujours par ranger. Nul ne savait quand ils le faisaient, personne n'en avait jamais été témoin. Parfois, en pleine nuit, Matveï croyait les entendre s'affairer avec le balai, la pelle et la serpillière.

À côté, Ianka se faisait couler un bain, ce qui repoussait son rasage à un moment indéterminé.

Un éclair produit par la caténaire du bus 17 qui passait à cet instant illumina la figure de l'ours mascotte Mikhaïl Potapitch Toptiguine, qui trônait sur la grande étagère sous la forme d'une tirelire. Les résidents de la kommunalka étaient invités à lui glisser chaque semaine quelques pièces entre les yeux pour des achats communs de savon ou de papier toilette. Mikhaïl Potapitch Toptiguine avait toujours le ventre vide, ce qui n'empêchait pas les réserves de se renouveler comme par magie lorsque c'était nécessaire. Qu'on aille dire après cela que ce système ne valait rien.

Matveï Aleksandrovitch jeta un regard à l'extérieur. Dans la rue, on ne voyait qu'une seule fenêtre éclairée, les gens dormaient comme des moutons. Mais peut-être que deux amants débordants de santé, enlacés sur le canapé à la lumière d'une lampe, s'embrassaient et se donnaient de petites bourrades en attendant le lever du jour. Matveï Aleksandrovitch soupira et eut un sursaut en entendant l'écho inquiétant produit par son soupir. Il soupira de nouveau, plus bas cette fois. Il grommela un peu, grogna, se mit à fredonner, fredonna plus fort, puis chanta :

Victimes immortelles,
vous avez péri,
nous sommes là et pleurons,
le cœur et l'esprit en chagrin.
Vous avez combattu et succombé
pour l'avènement de la justice,
et nous, génération de l'avenir,
nous sommes en deuil.

Où les victimes immortelles se seraient-elles cachées dans notre cuisine, cher Matveï Aleksandrovitch ?

Il se retourna en sursaut. Devant lui se tenait Maria Nikolaïevna en robe de chambre rose pâle et, fut-ce une simple activité de déplacement ou les boucles blondes qui lui tombaient sur les épaules, boucles blondes coiffées la journée en un chignon strict, ou fut-ce le col de sa chemise de nuit qui dépassait sous le revers de la robe de chambre, par la suite il fut incapable de s'en souvenir, toujours est-il qu'il se laissa aller à saisir Maria Nikolaïevna par les épaules et à lui chanter la strophe suivante en pleine figure comme s'il jouait son va-tout.

Mais un jour,
quand la liberté naîtra parmi les hommes
et que vos rêves s'accompliront,
alors nous témoignerons
de la vie qui fut la vôtre,
vous qui avez voulu vous élever
jusqu'au sommet de l'humanité !

Matveï, calmez-vous. Je vais nous faire du thé. Il y a aussi des chocolats, que je gardais tout exprès pour l'anniversaire de ma mère, mais vous semblez en avoir davantage besoin.

Si j'avais su qu'un chant patriotique me vaudrait le plaisir de votre présence et celui de déguster des chocolats, j'aurais pris cette mesure depuis longtemps.

Maria Nikolaïevna alluma la lumière et se plaça devant son fourneau. Matveï Aleksandrovitch contempla ses chevilles, dont on apercevait un mince trait blanc entre le bas de la robe de chambre et le revers garni de fausse fourrure des pantoufles. Il se laissa tomber sur une chaise. Nul astre, nul soleil n'avait le droit de s'immiscer dans l'orbite des autres jusqu'à produire les conséquences imprévisibles qui s'exprimaient à présent dans l'épouvantable désordre de ses pensées.

Vous savez, Maria Nikolaïevna, chaque être humain vit dans le monde clos qui est le sien, c'est une loi supérieure et je n'y trouve rien à redire. Votre fille Ianka vit dans un univers particulièrement étranger et lointain, mais cela lui donne-t-il le droit, quand elle rentre de bon matin de son travail de nuit, d'avoir l'égoïsme de réveiller immédiatement son enfant, qui arrache alors toute la kommunalka à son sommeil par ses babillages et ses braillements ?

Nous avons une vie de merde, dit Maria Nikolaïevna. Elle tendit une tasse de thé à Matveï, le rejoignit à table et se pencha vers la boîte de chocolats. Au même instant, elle sembla se rendre compte que cette phrase, qui lui venait souvent à la bouche, ne convenait pas du tout à la circonstance. Ce fut sans doute pour cela qu'elle s'empressa d'ajouter : Et sous peu, ce sera de nouveau le printemps et les bouleaux auront des petites feuilles vertes.

Au sujet des arbres, laissez-moi vous dire que, lorsque vous parlez de la texture de l'écorce d'un sorbier, d'un aulne ou comme à l'instant de la couleur des feuilles d'un bouleau, je me sens interpellé comme si votre discours s'adressait non aux arbres mais à moi. Je me sens flatté par la tendresse de vos paroles sur les arbres, qui mènent leur vie avec tant de silencieuse noblesse. Et je vais vous dire autre chose, mais ne vous moquez pas, s'il vous plaît : le moi de ma jeunesse n'aurait pu imaginer, il y a trente ans, qu'un jour il sombrerait dans la mélancolie à la pensée de ces arbres dont nous parlons.

Maria Nikolaïevna bâilla tout son soûl, se leva, ôta la bouilloire de la plaque, repoussa le linge suspendu dans toute la cuisine sur plusieurs cordes, puis demanda pour finir, perdue dans ses pensées : Des arbres, disiez-vous ? Vous lisez trop Tourgueniev.

Au fond de l'appartement, on alluma une radio, les dernières mesures de la *Marche funèbre* de Chopin se firent entendre, puis un chœur entonna « Victimes immortelles, vous avez péri ». On éteignit la radio.

Mais oui, des arbres, dit Matveï Aleksandrovitch, se sentant lui aussi soudain très fatigué. Si vous le souhaitez, je vous emmènerai dimanche prochain faire une promenade dans le parc et je vous les montrerai.

Surtout pas, Matveï, ne faites pas cela, car qui sait si les arbres ne sont pas en deuil eux aussi et n'offrent pas une image pitoyable.

Que voulez-vous dire, chère Maria Nikolaïevna ?

On ne saurait ignorer qu'il y en a encore un qui est mort à Moscou. Au fait, vous avez votre montre ?

Ma montre ?

Quelle heure est-il ?

Presque six heures et demie. Je ne crois pas que les arbres puissent être en deuil, si l'on excepte les saules, bien sûr. Les ormes et les bouleaux sont d'un tempérament foncièrement gai et léger. Les chênes ont parfois une certaine gravité, mais quant à parler de deuil. Nous avons porté le deuil de Staline, nous avons porté le deuil de Brejnev – et aujourd'hui ?

Maria Nikolaïevna considéra longuement Matveï Aleksandrovitch et ne dit rien. Puis elle jeta quatre petits morceaux de sucre dans une autre tasse de thé et remua soigneusement.

Ton thé, maman.

Varvara Mikhaïlovna entra, prit la tasse, regarda sa fille et dit : Je vais bientôt mourir.

Bonjour, chère Varvara Mikhaïlovna, dit Matveï Aleksandrovitch.

Varvara Mikhaïlovna répondit par un grognement, puis s'adressa de nouveau à sa fille. Où est Ianka ?

Elle prend un bain.

Évidemment. Qu'est-ce qu'elle ferait d'autre ? Soit elle prend un bain, soit elle crie.

Elle ne crie pas, elle chante.

Et qui est mort ? Ils jouent Chopin.

Le cher Matveï Aleksandrovitch suppose…

Tant que rien n'a été annoncé officiellement, je ne suppose rien du tout ! s'écria Matveï Aleksandrovitch avec une véhémence inhabituelle.

Quelle que soit la personne qui est morte, répondit Maria Nikolaïevna d'un ton apaisant, il faut que je m'habille. À tout à l'heure.

Méfie-toi des Karisen, dit Varvara Mikhaïlovna.

Méfie-toi de toi-même.

Avant que vous ne partiez, chère Maria Nikolaïevna, la salle de bains est occupée une fois de plus par votre fille. Il faut faire quelque chose.

Et que faut-il faire, Matveï ? Qu'est-ce que vous suggérez ?

La petite Krochka fit son apparition pieds nus, Varvara Mikhaïlovna la prit sur ses genoux et tira comme par magie une paire de chaussettes de laine de la poche de sa robe de chambre. Tu vas prendre froid, fillette ! Mais personne ne s'en soucie, mon pauvre ange.

Il faut qu'un homme lui parle. Fasse acte d'autorité, vous comprenez ?

Oui, je comprends, Matveï Aleksandrovitch, mais ce ne sera pas vous. Maria Nikolaïevna quitta la cuisine en se glissant devant lui et frappa énergiquement contre la porte de la salle de bains. Ianka, tu vas sortir à la fin ? Elle essayait de donner un ton autoritaire à sa voix. On entendit Ianka chanter encore quelques mesures puis pester.

Vous voyez bien, il n'y a rien à faire, lança Maria Nikolaïevna par-dessus son épaule.

3

Ianka sortit sa jambe gauche de l'eau tiède, la tendit et contempla son pied, le fit tourner – un pied robuste. Elle ferma les yeux, encore cinq minutes dans la baignoire. Elle avait les membres lourds. Le service avait été interminable, éclairé par des milliers d'ampoules aveuglantes. Visser, examiner, visser, trier. Ces nuits de travail aiguisaient sa conscience d'une étrange manière, et Ianka développait un sens particulier pour les choses insignifiantes. Elle se rappela ses collègues qui bavardaient durant la pause et, lorsqu'elle les avait rejointes pour fumer, elles avaient changé de sujet en se lançant des regards entendus. De quoi parlaient-elles ? C'était sans intérêt. Les collègues n'avaient pas d'importance. L'usine n'avait pas d'importance. Elle pouvait être insouciante, elle pouvait être triste, elle pouvait être bête et heureuse. Ou elle pourrait arrêter – arrêter enfin – de se demander comment elle pourrait être, ou comment elle voulait être, ou comment le monde voulait qu'elle soit. Était-elle utile, ou le monde serait-il en mesure de se passer d'elle ? Sa main tâtonnante glissa jusqu'à son ventre, sa hanche, de petites bulles montèrent et éclatèrent à la surface. Elle plongea et nagea vers la rive, refit surface. Ils étaient tous là, Pavel, Olga, Emi, Kostia et Andreï. Couchés dans les bras l'un de l'autre sur une couverture, Emi et Kostia se dévoraient mutuellement. Olga balbutiait des vers de Pasternak, Andreï surveillait le chachlik sur la braise, et Pavel, debout sur la berge, la cherchait du regard.

Est-ce qu'un de vous pourrait me donner une serviette, bande de salopards, cria-t-elle, debout dans l'eau glacée, si froide que les poissons s'étaient tirés en Afrique. Pavel laissa choir chemise et pantalon, courut vers elle, le zizi ballottant, et la serra fort dans ses bras. Alors tu es ma serviette maintenant, chuchota-t-elle dans le creux chaud entre le cou et la clavicule. Oui.

Andreï prit une pose d'athlète avec la pince à grillades et se fourra un énorme morceau de pain blanc dans la bouche. Alentour, des bouleaux scintillants, l'eau étincelante et le pressentiment aveuglant que l'été ne tiendrait pas sa promesse d'éternité. Plaquant Pavel nu contre elle, Ianka essaya de se mettre en mouvement, de glisser dans l'herbe comme sur des skis dans la neige mouillée, pas à pas. Tu vas me briser le dos. Elle lui pinça les valseuses, il la lâcha enfin et tomba raide mort par terre. Andreï jeta à Ianka la chemise dont elle s'était débarrassée et eut un sourire moqueur.

Quoi ?

Si on chantait, Ianka ?

Pour qui ?

Pour nous.

Quelle chanson tu veux chanter ?

Pour toute réponse, il lui donna une brochette d'oignons brûlés et de morceaux de viande grasse, contempla sa bouche en train de mâcher. Le gras qu'elle dédaignait, il le prenait et le mangeait. C'est ce qu'il y a de meilleur, et toi tu le craches.

Ianka rajouta un peu d'eau chaude. C'était si merveilleux dans le ventre de la baignoire. Tout est encore à venir, cher bon Dieu, fais que j'embrasse encore beaucoup de lèvres, fais qu'on écoute mes chansons.

Dans la soirée, elle donnerait un concert à la cuisine, un *kvartirnik*, elle seule à la guitare devant dix, peut-être vingt personnes. S'ils étaient aussi nombreux, on serait à l'étroit, et elle n'avait toujours pas d'instrument correct. Quelques jours plus tôt, Andreï avait trébuché sur sa guitare alors qu'il était ivre, le corps avait résisté, mais un morceau de la jointure entre la table et les éclisses avait éclaté, et le chevalet semblait vouloir se détacher. Andreï avait masqué sa gêne par le sarcasme : Tu devrais me remercier, Ianka, maintenant ça sonne vraiment comme de la musique punk. Pavel avait failli lui sauter à la gorge, Ianka s'était interposée, Andreï avait fichu le camp. Pavel avait promis de lui procurer une nouvelle guitare, mais ne cessait de multiplier les échappatoires : difficile à trouver, trop chère, pas adaptée, et au fait où est la guitare d'Andreï ? Il l'a mise en gage. Olga n'en a pas ? Olga joue du violon. Ianka, je te promets que pour ton concert tu auras une nouvelle guitare. Pavel allait jusqu'à affirmer que le célèbre B. G. était venu de Leningrad et voulait assister à son concert. Andreï ne faisait aucun cas de B. G., il le disait vénal, l'accusait d'être un traître parce qu'il avait une petite amie de l'Ouest qui faisait, prétendait-il, passer en douce ses enregistrements en Amérique et lui avait rapporté une Stratocaster rouge. Et il pouvait se produire avec cette guitare au *Rock Club* de Leningrad – sous l'œil du KGB, mais devant un public et sur une vraie scène. Cependant tout cela n'était probablement qu'un tissu de mensonges.

Andreï lui avait également parlé d'une chanteuse nommée Diaguileva, elle ne faisait de musique que pour elle-même et se fichait qu'on aime ou pas ses chansons. Mais cette Diaguileva était sans doute un être d'exception qui se baladait sans crainte à travers le pays, l'âme brûlante, se faisait arrêter, vivait de périlleuses amours avec des êtres tout aussi exceptionnels. Ianka aussi voulait que son âme brûle, elle voulait aimer avec feu, être aimée avec feu. Devait-elle pour cela jouer de la guitare à en avoir les doigts en sang, comme Andreï ? Devait-elle se faire arrêter par la milice pour atteinte à la tranquillité publique telle une Diaguileva ? Ianka allait sagement travailler, parfois même avec plaisir, car en examinant les ampoules elle oubliait le monde et pouvait composer ses chansons au rythme de la machine. D'ici son vingt et unième anniversaire, elle aurait écrit un morceau inoubliable.

L'eau refroidissait peu à peu. Ianka entendait Krochka babiller gaiement. Krochka – on aurait dit que c'était hier qu'elle reposait sur sa poitrine, la plongeant dans le trouble et l'étonnement devant la quantité de lait que pouvaient donner des seins aussi menus que les siens. Une fois, Ianka s'était réveillée la nuit avec l'impression que Krochka à son côté ne respirait plus, que sa respiration avait disparu, que leur vie ensemble s'était achevée avant même d'avoir réellement commencé. Elle avait imaginé les petits poumons épuisés et crié si fort que son cri lui avait été inaudible. Quand sa mère et sa grand-mère s'étaient réveillées en sursaut et que la petite voix grêle de Krochka s'était jointe aux cris, Ianka avait retrouvé ses esprits et était retombée sur son oreiller. Espèce de sotte, elle dormait, c'est tout.

Si elle s'attardait dans la baignoire, Ianka n'aurait plus le temps de préparer Krochka pour aller à la crèche et de passer quelques minutes avec elle. C'était tout juste si elle la voyait encore. Parfois, Krochka la regardait avec de grands yeux, comme si elle s'étonnait, comme s'il y avait un malentendu entre l'enfant et Ianka. Excusez-moi, est-ce qu'on se connaît ? On s'est déjà rencontrées quelque part ? Et lorsque Ianka intimait à Krochka de faire ou d'arrêter de faire quelque chose, cela lui paraissait faux et maladroit, il lui semblait même déceler une étincelle de moquerie dans le regard de l'enfant. Cette moquerie était-elle réellement là, elle l'ignorait. Peut-être qu'elle craignait seulement de ne rien pouvoir offrir à sa fille. Puis vint le remords qu'elle ressentait à laisser à sa mère le soin de s'occuper de l'enfant, à dormir quand sa mère conduisait Krochka à la crèche. Maria ne refusait jamais, ne disait jamais non, ne risquait jamais un geste agressif. Parfois, Ianka constatait avec frayeur que sa jeune mère commençait à vieillir, elle découvrait sur son visage des traits de sa grand-mère, les yeux légèrement plissés, le tressaillement au coin des lèvres.

Ianka sortit de la baignoire, se sécha et passa la serviette sur la glace embuée. Elle rit et observa l'effet du rire sur son visage. Brille, mon étoile, brille.

4

Maria Nikolaïevna remonta son lit et le fixa d'un coup de poing, poussa le paravent dans l'axe de vision entre la porte et la penderie, retira sa robe de chambre et sa chemise de nuit et s'habilla. Elle envoya valser ses pantoufles, fendues sur les côtés pour une question de confort, et elles restèrent là, dans toute leur misère. Maria s'étendit sur le lit de Ianka, ferma le rideau et se mit à contempler le plafond. Il lui restait encore un instant avant de devoir quitter la maison, quelques minutes à elle.

De la cuisine lui parvenait un claquement de casseroles. Elle se représenta Varvara faisant du remue-ménage sous les champignons séchés, des champignons qu'on récoltait l'été et qu'on suspendait sous le plafond de la cuisine. Ils répandaient une odeur de moisi et de terre. Puis elle entendit les pas de sa mère dans le couloir se diriger vers les toilettes. Dans un instant, elle ouvrirait la porte en soupirant, pesterait parce que la serrure n'avait toujours pas été réparée, décrocherait du mur sa lunette de w.-c., s'énerverait parce que quelqu'un avait une fois de plus omis de raccrocher la sienne. Son soliloque lui arrivait assourdi, puis il y eut le grondement de la chasse d'eau.

Ianka chantait dans la salle de bains, d'une voix qui lui paraissait toujours un peu trop ample et bien timbrée pour sa fille menue, qui aurait bientôt vingt et un ans et affirmait stoïquement, les lèvres perpétuellement sèches et gercées et les sourcils froncés, qu'elle ne deviendrait pas adulte. Ianka avait choisi de garder l'enfant à l'encontre de tous les bons conseils qu'elle avait reçus. J'aurai mon enfant et vous m'aiderez, avait-elle annoncé, et elle s'en était tenue à sa décision. Cela dit, elle éprouvait si peu d'intérêt pour la réalité qu'elle ne pouvait même pas dire qui était le père. Ou ne voulait pas le dire. Maria n'éprouvait pas d'antipathie pour certains des jeunes hommes qui tournaient autour de Ianka et, en son for intérieur, elle choisissait le père qu'elle préférait pour Krochka, tantôt celui-ci, tantôt celui-là. À l'inverse de Ianka, la petite Krochka était une enfant calme, peu exigeante. Quand on lui servait de la bouillie de semoule avec du beurre, elle était contente ; quand on l'installait devant la télévision, elle regardait l'écran avec sérieux sans rien dire ; quand on la prenait avec soi à la cuisine, elle suivait les faits et gestes, les joues rouges et le regard vif. La seule chose qu'elle n'aimait pas, c'était la crèche.

Parfois, Ianka rentrait ivre d'un concert ou d'une fête, elle réveillait Krochka et pleurait dans le giron de l'enfant, disant qu'elle était une mauvaise mère, qu'elles auraient bientôt leur propre appartement – ce genre de choses. Cela effrayait Krochka et lui provoquait une éruption de boutons, des petits points rouges sur les bras et les jambes. Dès que Ianka parvenait à se maîtriser un temps et à ne pas céder à l'autoapitoiement, les petits points rouges disparaissaient.

Maria ignorait quand Ianka avait découvert son amour pour la musique, d'autant que ce qu'elle appelait musique

tenait plutôt du braillement pour le reste du monde. C'était ainsi que la désignait Varvara. Ainsi que la qualifiait avec irritation Matveï Aleksandrovitch. Ainsi qu'en avait jugé le Comité pour la culture lorsque Ianka et ses amis avaient sollicité l'autorisation de se produire en public. Pour sa part, Maria était conquise par la musique de Ianka, parfois même envoûtée. Ses chansons étaient sombres et profondes et, lorsqu'elle s'accompagnait à la guitare, Maria avait du mal à reconnaître sa fille. Avec ses chansons, Ianka parvenait à exprimer ce pour quoi Maria, dans ses méandres nocturnes, n'avait que des pensées émoussées, des formules toutes faites tirées de mauvais films, rien de personnel.

De toute façon, dormir était devenu hasardeux, elle se réveillait plusieurs fois par nuit, se levait et déambulait dans l'appartement. La Liebermann ronflait, chez les Kossolapy l'horloge tictaquait, le professeur était aussi silencieux que pendant la journée ; au fond du couloir, une obscurité confuse ; il n'y avait que chez Matveï Aleksandrovitch qu'elle voyait parfois un rai de lumière sous la porte et, à une ou deux reprises, elle avait été tentée de frapper timidement chez lui, car, s'ils étaient tous deux incapables de dormir, on aurait peut-être pu passer le temps ensemble. Elle n'avait pas frappé, bien sûr, trop inquiète qu'il puisse se méprendre, qu'elle-même puisse se méprendre. Ainsi restait-elle seule. Et elle en avait assez d'être seule. Elle voulait boire du vin, passer ses doigts sur un torse poilu, mais, dans ce pays, les hommes étaient rares. Où qu'on tournât les yeux, on ne voyait que des femmes. Au musée, il y avait deux hommes pour treize femmes. En soi ce n'était pas un problème, car elle trouvait les relations plus agréables avec les femmes. C'est juste qu'elle ne voulait pas être constamment entourée de femmes et passer ses nuits entre sa mère, sa fille et sa petite-fille.

La tache d'humidité au plafond avait pris la couleur de la glaise. Au début, cette chambre avait représenté un peu de liberté. Boris et elle étaient partis de chez ses beaux-parents, on leur avait attribué cette pièce et, moins d'un an plus tard, Ianka était arrivée. Ils avaient connu des temps heureux. L'espace de quelques années. Puis le père de Maria était décédé et sa mère était venue vivre avec eux. Maria tourna la tête vers le canapé sur lequel Varvara reposait chaque nuit telle une morte, émettant un léger râle et souriant dans son sommeil. Paupières claires fermées, lèvres entrouvertes.

Tu es malade, pourquoi tu es au lit ? Varvara Mikhaïlovna ouvrit le rideau d'un geste sec.

Je ne suis pas au lit, maman, je suis sur le lit.

Tu aurais dû mettre ta robe de chambre. Tu es sur le lit de Ianka en tenue de ville.

Oui.

Tu es mélancolique ?

Non.

Une femme de ton âge ne devrait pas porter de jupes aussi courtes.

La jupe n'est pas courte, et je ne suis pas âgée.

Tu approches des soixante ans.

J'ai quarante-cinq ans.

Varvara Mikhaïlovna s'assit au chevet de sa fille. Tu as raison de souffrir ainsi, tu as raison. Heureusement que nous nous avons l'une l'autre ; heureusement que tu m'as ; heureusement qu'on ne se quittera jamais, n'est-ce pas, on restera toujours ensemble ? Elle se balançait d'avant en arrière et soulignait chaque phrase d'un soupir. Puis elle se pencha vers sa fille : N'est-ce pas, tu ne me quitteras pas. Maria Nikolaïevna commença par soupirer un peu avec elle, puis elle s'assit, se frotta le front, remua la tête comme pour chasser quelque chose et dit fermement : Allez, maintenant c'est bon. Hein, c'est bon.

Ianka entra dans la chambre avec Krochka sur les épaules et une pile de linge dans les bras. Elle plaça le linge sur la commode, posa Krochka par terre, lui ôta son pyjama, le renifla, le rangea plié dans le lit de l'enfant. Ianka paraissait tenir à peine sur ses jambes en raison de la fatigue. Elle lui mit une chemisette propre, des collants et une robe en laine. Elle la peigna et attacha les nattes minces avec des nœuds en tulle blanc.

Varvara Mikhaïlovna se leva, passa incidemment la main sur les cheveux de Maria comme pour s'excuser de quelque chose, inspecta le linge, fit une deuxième pile avec ce qui n'était pas à elles. Maria savait qu'elle devait se dépêcher pour que Krochka ne soit pas en retard à la crèche et que Ianka puisse enfin se coucher après sa nuit de travail. Varvara ramassa des peluches sur le tapis, elle voyait partout de la poussière, des saletés, des insuffisances. Maria inspira et expira péniblement et remarqua que le fait d'inspirer lui causait un léger élancement dans le sein gauche. Elle inspira de nouveau, et l'élancement s'accrut. Mais cette fois, du côté droit. Et de ce côté, ce n'était plus vraiment un élancement, plutôt un tiraillement. Elle avait lu que l'infarctus s'annonçait par des vertiges. Cette pensée fit battre son cœur plus fort, et elle suspendit sa respiration. Son cœur tambourinait, disparut un instant, puis réapparut. Maria se pinça la main. Ianka lui jeta un regard sévère. Bon, j'y vais, dit Maria en restant assise. Comment s'est passée ta nuit, Ianka ?

Comme d'habitude.

Ianka rassembla les tasses à thé qui traînaient depuis la veille et les posa sur le plateau.

C'est moi qui devrais assurer ton travail de nuit, j'ai encore eu une insomnie.

Ianka tapota son oreiller. Je vois venir une grande obscurité.

Varvara Mikhaïlovna prit le plateau avec les tasses. Voilà que notre Ianka se remet à parler par énigmes.

Au fait, Krochka a toussé toute la nuit.

Je ne l'ai pas entendue tousser.

Parce que tu dors comme un loir, maman, les gens insensibles ont le sommeil profond.

Dis, Maria, tu vas être en retard à ton travail, non ?

La nuit dernière, j'ai pensé qu'on devrait partir à la mer, cette année. Toutes les quatre. Pour des vacances.

Varvara Mikhaïlovna considéra sa fille avec compassion. Tu as de ces idées.

Ianka dénoua la serviette qu'elle avait enroulée autour de sa tête, se frictionna les cheveux, prit la pile de linge qui ne leur appartenait pas et sortit de la chambre.

5

Debout dans sa chambre, Matveï Aleksandrovitch observait deux cafards, leur jeu était d'une beauté singulière. Il se baissa lentement, les insectes se figèrent dans son ombre, il frappa à la vitesse de l'éclair. Restez sagement là, marmonna-t-il en s'asseyant sur son lit. À la tête du lit se trouvait une petite table sur laquelle étaient posés à portée de main du papier et un crayon. Matveï les prit et nota : ce matin, M. N. douce et abordable. Sur la robe de chambre, petite tache jaune pâle à l'endroit du sein gauche (jaune d'œuf, graisse, crème). Fleurs imprimées sur la robe de chambre qui regardent par terre – déjà le cas avant ? À élucider : pourquoi ces yeux si tristes ?

Il mit de côté le papier et le crayon et se tourna vers l'étagère. Il y gardait plus de soixante coffrets en bois de la taille d'une brique, qu'il avait fabriqués lui-même avec une certaine habileté et pourvus d'une étiquette sur laquelle figurait une inscription à l'encre rouge. *Photographies 1935-1975, Boutons, Dents, Ficelles, Insectes, Chutes de papier et de tissu, Crayons, Élastiques, Encens, Clous, Bonbons, Vitamines, Clous de girofle, Coquillages, Coupures de presse, Amour, Billets de théâtre,*

Troïlite, Billets de train, Coton, Poèmes, Écorces, Billes de diff. tailles, Câbles.

Après avoir interverti les coffrets *Encens* et *Coton*, il laissa glisser la robe de chambre de ses épaules, demeura un instant assis en sous-vêtements, puis se leva pour ramasser les restes des cafards et les transférer dans la boîte destinée aux insectes.

Matveï Aleksandrovitch était honnête et sincère envers lui-même. Maudire ses conditions de vie lui répugnait. C'était un homme de cinquante-quatre ans, qui entretenait sa santé en faisant le matin des flexions des genoux et en consommant quotidiennement de la bouillie d'avoine. Il sentait son esprit et son âme tributaires de la poésie. Il sortit le coffret étiqueté *Amour*, plongea le nez dedans, inspira et expira l'amour. Traître à la patrie, pensa-t-il en remettant le coffret à sa place.

Un coup énergique à la porte le dérangea dans ses pensées. Un instant, lança-t-il, n'entrez pas, je vais ouvrir. Matveï Aleksandrovitch enfila rapidement sa robe de chambre. C'était Ianka. Ses longs cheveux humides lui pendaient dans la figure.

Qu'est-ce que tu veux ? Il se glissa dans le couloir et ferma la porte afin qu'elle ne puisse pas jeter un regard à l'intérieur.

Je vous apporte votre linge. Ça fait des jours que vos slips et vos chemises sont suspendus dans la cuisine et nous bouchent la vue.

Il renifla le linge : Il pue le machorka.

Vous auriez dû le récupérer.

Parce que tu crois que je n'ai que ça à faire ?

Ianka laissa choir la pile de linge par terre et disparut dans le couloir. Il l'entendit chanter : Pour quels péchés, je me demande. Pour quoi, pour quoi, pour quoi ? Donne-moi donc un Pepsi !

Peu après, Matveï Aleksandrovitch entra tout habillé dans la cuisine afin de remplir son thermos de thé chaud.

Varvara Mikhaïlovna était devant son fourneau, le dernier d'une rangée de cinq. Sa proximité avec la petite étagère murale lui donnait un avantage logistique déterminant sur celui de Matveï, qui se trouvait au milieu et qu'il partageait en outre avec le professeur. L'agréable odeur des œufs frits lui chatouilla les narines.

Vous sortez faire une promenade du dimanche, Matveï Aleksandrovitch ? demanda Varvara Mikhaïlovna.

Dimanche ? Aujourd'hui, 11 mars de l'année 1985, nous ne sommes pas du tout dimanche. Ce jour, Varvara Mikhaïlovna, est un lundi, si ce n'est pour vous, du moins pour tous ceux qui vivent dans notre belle Russie – ainsi qu'un jour de deuil. Mais vous, très chère, vous vous croyez dans l'ambiance sacrée du dimanche, voilà qui est intéressant.

Qu'est-ce que vous diriez d'un deuxième petit déjeuner, Matveï ? En l'honneur de ce jour ? Un petit déjeuner du dimanche –

Je vous remercie, cela aurait été avec plaisir, mais comme vous le savez, je dois m'acquitter de mes obligations.

Dommage. Alors je partagerai mon petit déjeuner avec le voisin Kossolapy. Ça vous dirait, des œufs frits, cher Hippolyte Ivanovitch ?

Kossolapy, debout à la porte, acquiesça d'un air pincé sans entrer dans la pièce.

Dites-moi, cher Matveï Aleksandrovitch, Varvara Mikhaïlovna parlait si bas qu'il dut se pencher vers elle, je suppose que vous savez ce qui nous attend ?

Nous ? Vous voulez dire les citoyens de notre pays ?

Très juste, les citoyens de notre pays. Ou rien que notre petite communauté de destin, ici. Qu'est-ce qui nous attend ?

Eh bien, je suis honoré et flatté que vous me supposiez un savoir supérieur. Que nous souhaitez-vous donc, Varvara Mikhaïlovna ?

Varvara Mikhaïlovna considéra Matveï Aleksandrovitch et sourit.

Moi en tout cas je vous souhaite une agréable journée, dit-il, et alors qu'il allait sortir, il s'arrêta et dit : Votre nouvelle table – il désigna la table de cuisine que les amis de Ianka avaient dégotée dernièrement –, votre table fait trois centimètres de plus que la mienne et que celle des Karisen.

Et alors ?

Je voulais juste que ce soit dit.

C'est que nous sommes quatre, vous ne pensez pas que nous pouvons demander une table plus grande ?

D'un certain point de vue, oui. Mais c'est contre le règlement.

Et le règlement, qui fait le règlement ?

Ça, je n'ai pas à vous le dire.

Qu'est-ce que vous comptez faire ?

Scier, très chère, scier est la seule solution.

Sur ce, Matveï Aleksandrovitch prit congé. Il mit son bonnet de fourrure, qu'en fonction du temps il portait jusqu'au 1er ou jusqu'au 9 mai. Il aurait peut-être dû se montrer indulgent à propos de la taille de la table, ou profiter d'une nuit de sommeil agité pour scier les trois centimètres sans que personne ne s'aperçoive de rien.

Dans la cage d'escalier, il retint son souffle. Cela avait dû être si élégant autrefois - avec un tapis sur les larges degrés, des murs clairs et un lustre majestueux au rez-de-chaussée. Mais à présent - des pommes de terre germées et des légumes d'hiver étaient stockés devant toutes les portes sous une lampe dont la lumière vacillait nerveusement et qui tombait quotidiennement en panne. Matveï descendit les marches poisseuses sur la pointe des pieds. Il avait tout fait comme il fallait. Il était de son devoir d'attirer l'attention de Varvara Mikhaïlovna sur le fait que la table était trop grande. Combien de fois ne fermait-il pas les yeux ? Il ne demandait jamais par quel mystère Maria Nikolaïevna parvenait à dénicher des pêches, ce qui lui permettait de temps en temps d'en déguster une lui aussi, il fallait bien l'avouer.

Lorsqu'il sortit dans la rue, le soleil se levait sur le parc. Il fut accueilli par un froid glacial. Cela faisait des jours qu'on attendait le printemps, tout le monde était fébrile et souffrait dans des proportions variables de suées et de tachycardie. Tout le monde recherchait le contact. Peau contre peau, gens contre bus, bus contre arbre. Il n'aimait guère sortir par des journées aussi spectaculairement ensoleillées.

Derrière le parc se dressait l'usine où l'on fabriquait les excellentes ampoules. Matveï Aleksandrovitch fit un pas et s'arrêta de nouveau, contemplant avec révérence les cheminées d'où s'échappaient, en signe de productivité, des nuages de fumée auréolés par les rayons jaunes et orange du soleil matinal. En faisant le pas suivant, il posa le pied sur une marche en marbre qui émergeait du sol, il se pencha en avant, ajusta ses lunettes et lut le terme magnifique *Kapital.*

Matveï Aleksandrovitch travaillait pour un organisme secret connu sous le nom d'Institut Strugazki. Assistant de l'ingénieur en chef Komarov, il supervisait une grande centrifugeuse où l'on étudiait sur des volontaires les effets sur l'organisme humain d'une force plusieurs fois supérieure à la pesanteur.

Matveï Aleksandrovitch avait deux minutes d'avance et il remarqua que son sac était trop léger. Il avait oublié le thé.

L'accès du bâtiment était soumis à des mesures de sécurité sévères. Matveï Aleksandrovitch devait d'abord montrer ses papiers à la porte, puis passer devant deux sentinelles. La durée de l'attente à laquelle il était soumis dépendait de leur humeur matinale. Puis il traversait la cour jusqu'à une porte en fer. Il fallait entrer une combinaison de chiffres sur un petit panneau fixé au mur à côté de la porte, celle-ci se déverrouillait en émettant un bourdonnement électromécanique. Matveï Aleksandrovitch traversait ensuite une pièce au sol recouvert de petites dunes et, dès qu'il avait atteint l'autre côté en trébuchant, du sable dans les chaussures, il devait certifier sa présence à l'aide d'une signature. Le fonctionnaire de service portait deux doigts à sa casquette. Matveï Aleksandrovitch faisait un signe de tête et remettait son stylo-plume dans sa poche de poitrine.

La centrifugeuse humaine reposait sur le sol de la vaste salle telle une pieuvre à un bras, elle attendait et, ce jour-là, elle parut à Matveï Aleksandrovitch être à l'affût. Les expériences qu'il supervisait n'étaient pas dépourvues de risques, car tant la technique que le fonctionnement biologique de l'être humain étaient remplis d'embûches et manifestaient des effets qui n'étaient guère prévisibles.

Matveï Aleksandrovitch monta l'escalier métallique qui conduisait à une galerie faisant le tour de la vaste salle à mi-hauteur ; de là, il arriva par la porte 3a dans la pièce de Zinaïda Petrovna, puis, de là, dans son propre bureau par la porte 3b.

La première expérience était programmée à onze heures, mais, avant, il y avait une foule de préparatifs et de tâches administratives à effectuer. Matveï Aleksandrovitch recueillait les résidus de gomme à effacer produits au cours de ce travail dans une boîte d'allumettes qu'il gardait dans le tiroir de son bureau. Il sortit les dossiers des cobayes du jour. Certains étaient des étudiants, dont beaucoup se destinaient à des métiers techniques de sorte qu'on pouvait leur supposer un intérêt pour la conquête spatiale soviétique. D'autres étaient des gens simples, ouvriers et paysans, qui – supposait Matveï – se proposaient surtout pour bénéficier de l'indemnité substantielle offerte pour leurs dépenses et les risques encourus.

Le premier volontaire ne se présenta pas. Il avait peut-être été envoyé quelque part en service commandé ou était tout simplement en retard, une négligence qui, étant donné le caractère confidentiel de l'expérience, n'entraînait hélas généralement pas de sanction.

Le suivant ne vint pas non plus, Matveï Aleksandrovitch ne se souvenait pas d'avoir rencontré pareil oubli de ses devoirs. Se sentant condamné à l'oisiveté, il entreprit de faire un petit tour dans le bureau adjacent, où la gracile Zinaïda Petrovna se vernissait les ongles sous le portrait de Lénine. Ça pue, arrêtez ça, l'apostropha-t-il. Zinaïda Petrovna haussa dédaigneusement les sourcils et, avec un regard aguicheur, souffla sur le vernis pour le faire sécher.

Matveï Aleksandrovitch regagna sa pièce. La fenêtre donnait sur la grande salle. Il releva le store vénitien, le laissa retomber dans un cliquetis et se tourna vers son bureau.

Dites-moi, Zinaïda Petrovna, vous avez pris les dossiers des sujets d'expérience ? cria-t-il à l'intention de sa collègue. Je les avais posés sur mon bureau, mais ils n'y sont plus.

Quels dossiers ?

Les CV, les certificats médicaux, les accords écrits.

Je n'ai pas de dossiers.

Matveï Aleksandrovitch regarda sa montre, se rassit. Encore une heure avant l'arrivée du troisième volontaire. Il appuya sa tête sur ses mains et se mit à fixer le mur où étaient installés des voyants lumineux. Tout paraissait en ordre. Seul le petit bloc au-dessus de la porte émettait un clignotement rouge, играем. Matveï Aleksandrovitch décrocha le combiné et fit le numéro du technicien afin qu'il revoie le réglage de l'installation. Dans l'espace on peut tout faire, sur terre on ne peut rien faire, soupira-t-il. Zinaïda Petrovna lança de sa voix perçante : J'ai trouvé les dossiers, bizarre, ils étaient tout à coup sous mon bureau. Sa voix s'atténua progressivement jusqu'à ce qu'on n'entende plus qu'un son prolongé, d'une fréquence d'environ 440 hertz.

6

Lors de ses jours de congé, notamment lorsque sa femme Lioubov Maksimovna se trouvait dans le train quelque part entre Vladivostok et Moscou, Hippolyte Ivanovitch Kossolapy ne savait trop quoi faire de lui. Il ouvrit un livre, mais, comme il n'aimait pas lire, il le referma vite. Il s'assit dans le fauteuil, croisa les jambes, posa les mains sur les accoudoirs. Le revêtement en velours le chatouillait désagréablement. Il fut envahi par le puissant désir d'un giron de femme, d'une âcre odeur d'humus et de coquillage.

Hippolyte se leva et sortit dans le couloir. Les bruits qui s'échappaient de la cuisine lui apprirent que Varvara Mikhaïlovna n'avait pas terminé la vaisselle. Peut-être devrait-il frapper chez le vieux professeur, d'ailleurs cela faisait longtemps qu'il y pensait, et pourquoi le professeur aurait-il, ce jour-là, le loisir de bavarder avec lui. Il regagna sa chambre et s'étendit sur le lit. Le lit était très mou. Hippolyte s'enfonça légèrement. Il posa un coussin sur son visage. Il desserra sa cravate afin de mieux respirer. L'horloge sonna neuf coups.

Hippolyte était contrôleur de wagon-lit, comme sa femme. Ils s'étaient rencontrés quelque part entre Valentinovka et Senkovo. Je m'appelle Lioubov Maksimovna et, dans ma chambre – je suis locataire dans un appartement communautaire –, il reste de la place, je ne veux pas d'enfants, qu'en dites-vous ? Aujourd'hui encore, sa hardiesse le plongeait dans l'étonnement, et souvent ils en riaient ensemble.

Lioubov et lui étaient fréquemment en déplacement, une semaine vers l'est, une semaine vers l'ouest, ils se rataient souvent, lui allait à Moscou, elle à Vladivostok. Lorsque Hippolyte n'était pas en service, il traînait volontiers au lit, ce jour-là pourtant il ne tenait pas en place. Il se releva, prit un pot de crème sur la table de chevet de sa femme, se plaça devant la glace et s'enduisit les mains et les aisselles de la pâte jaunâtre. Il constata qu'il avait besoin de se raser. Il promena avec persévérance son rasoir électrique sur son menton et ses joues, reprit de la crème et se tapota la figure du bout des doigts afin de stimuler l'irrigation de la peau, particulièrement sous les yeux, ses poches lui gâchant le spectacle de son reflet dans le miroir. La crème avait une odeur poudrée. Hippolyte avait une prédilection pour les parfums fleuris. La nature ne l'avait pas doté d'un physique digne d'attention, mais il ne s'en était pas moins toujours considéré comme un bel homme. Lorsqu'il levait le menton et avançait légèrement la lèvre inférieure, il ressemblait à l'acteur Lembit Peterson dans le film *L'Auberge de l'alpiniste mort*.

7

Assis en cercle, les enfants battaient des mains en récitant une comptine, tandis que l'éducatrice Raïssa Sergueïevna marquait le rythme, un, deux, un, deux. Maria Nikolaïevna était sur le seuil avec Krochka, et la petite pleurait.

L'éducatrice baissa les mains, les enfants continuèrent sur leur lancée pendant quelques mesures. Vous avez dix minutes de retard, et ce n'est pas la première fois. J'ai déjà averti votre fille, maintenant c'est vous que j'avertis. Il y a beaucoup d'enfants qui seraient heureux de prendre la place de votre petite-fille dans cet établissement, et beaucoup de mères qui se montrent dûment respectueuses de la façon dont les camarades accomplissent leur devoir éducatif. C'est une première chose. Et la deuxième : hier, l'enfant n'avait qu'un gant.

Merci pour vos observations, Raïssa Sergueïevna, merci beaucoup. Ça n'arrivera plus, n'est-ce pas, Krochka, à l'avenir nous serons ponctuelles.

Le collant que lui avait apporté Maria Nikolaïevna rasséréna Raïssa Sergueïevna et elle promit – si d'aventure il en restait un deuxième, ce n'était pas pressé – de s'occuper de Krochka avec un soin particulier. Et, bien sûr, il se pouvait qu'on soit parfois en retard, elle comprenait très bien. Sur ce, elle ferma la porte et les hurlements de Krochka ne lui parvinrent plus qu'en sourdine. Maria Nikolaïevna regagna la rue et alluma une cigarette. La petite n'est pas maltraitée, se dit-elle pour se calmer, elle reçoit un repas chaud et elle prend l'air.

C'est vulgaire de fumer dans la rue, citoyenne. Un milicien s'était planté devant elle.

Fiche le camp, tu ne vois pas comme je souffre à l'idée que dans une heure on forcera l'enfant à chier collectivement ? Tu ne veux pas m'accorder le plaisir de la cigarette qui m'embrume un peu l'esprit ? Au lieu de cela, Maria Nikolaïevna dit : Assurément, camarade milicien, je me suis oubliée.

Au musée d'Histoire naturelle et d'Ethnographie, Maria posa son livre sur le rebord de la fenêtre, prit place sur sa chaise et se mit à contempler le récipient rituel chinois datant de la dynastie Shang qui était exposé dans une vitrine à côté de la porte. Il était orné de délicats oiseaux peints et, comme chaque matin, Maria se demanda quel rôle un récipient aussi raffiné pourrait jouer lors de son enterrement.

Son visage, reflété dans la vitrine et recouvert par les contours de l'objet, lui paraissait étranger, ses traits ne coïncidaient pas avec la face pâle, légèrement déformée, qui lui adressait un regard interrogateur. Ils ne cessaient de se fragmenter, comme s'ils ne pouvaient s'assembler en un tout, comme s'ils n'avaient jamais été un tout.

Elle croisa les jambes et balança celle du dessus. La pointe de son pied gauche décrivait la moitié d'une ellipse dont le sommet frôlait la vitre du thermo-hygrographe. Une fois, elle était allée trop loin dans ce petit jeu et avait administré à l'appareil un coup qui avait considérablement perturbé son mécanisme intérieur sensible. Maria rapprocha sa chaise de quelques centimètres. Une feuille de papier gisait derrière l'appareil de mesure. Elle se pencha et vit qu'il s'agissait d'une esquisse grossière représentant une femme qui copulait avec un animal à cornes.

Maria regarda sa montre. Durant l'heure à venir, il ne fallait guère s'attendre à voir des visiteurs.

Je descends un instant, Ksenia Ivanovna, lança-t-elle tout haut, mais l'écho de sa voix dans les salles fut seul à lui répondre.

Dans la petite cuisine, elle trouva les collègues Tatiana Olegovna et Igor Igorevitch unis dans une étreinte prometteuse.

Bonjour, collègues, dit Maria Nikolaïevna, elle mit de l'eau dans la bouilloire, sortit trois tasses, laissa tomber dans chacune quelques morceaux de sucre et éteignit la radio. J'aime les marches funèbres, se plaignit Tatiana Olegovna en remettant de l'ordre dans sa coiffure pendant que le collègue Igor Igorevitch reboutonnait maladroitement sa chemise et marmonnait quelque chose à propos d'un gâteau, un gâteau qu'il avait apporté pour qu'ils le mangent ensemble, le thé était si austère sans gâteau, n'est-ce pas, sauf qu'il avait oublié où il avait laissé ce gâteau, raison pour laquelle il avait quitté les archives au sous-sol du musée pour vérifier s'il ne l'avait pas déposé dans la cuisine en se rendant à son poste de travail tant il était absorbé dans ses pensées –

Maria posa sans un mot le dessin sur la table.

Depuis que le directeur, Konstantin Kovaliov, avait perdu la raison, le musée était quasiment à l'arrêt. Dans un premier temps, personne ne s'était aperçu que l'exposition temporaire était devenue permanente, qu'on ne s'occupait plus d'épousseter les objets présentés ni d'organiser des visites scolaires. Puis Igor Igorevitch avait vu le directeur placer des dessins de sa main dans divers endroits du musée peu après l'heure de fermeture de l'établissement. Les exemplaires saisis par le personnel avaient pour point commun leurs motifs obscènes, en général des femmes ayant des rapports sexuels avec des chèvres ou des taureaux, jetés non sans vivacité sur le papier. Jusque-là, personne n'avait trouvé le courage d'interpeller le directeur sur son comportement singulier, ce qui tenait peut-être aussi au fait que toute cette histoire présentait indiscutablement des avantages, car tout le monde pouvait faire plus ou moins ce qu'il voulait. Lors de la dernière assemblée générale du personnel, plus d'un an auparavant, Maria Nikolaïevna avait plaidé pour qu'on introduise du sang neuf au musée, sur quoi on lui avait demandé ce qu'il convenait de faire. Elle n'avait pu apporter une réponse satisfaisante, aussi tout était-il resté en l'état.

Tatiana Olegovna n'accorda qu'un regard en biais au nouveau dessin posé sur la table et demanda en haussant les sourcils à Igor Igorevitch : Tu as égaré le gâteau ?

Oui. Non. Je ne sais pas. C'est un si triste jour.

Vous avez peut-être mis le gâteau au réfrigérateur, cher collègue, dit Maria Nikolaïevna.

Au réfrigérateur. Bien sûr. Où est le réfrigérateur ?

Le réfrigérateur est là où il a toujours été.

Il n'est pas dans le réfrigérateur, fit la voix assourdie d'Igor Igorevitch.

Alors c'est que le gâteau a disparu.

Oui. Le gâteau a disparu, dit Igor Igorevitch, confirmant la remarque de Tatiana Olegovna. Il lui adressa un sourire reconnaissant.

Mais, chers collègues, insista Maria Nikolaïevna, un gâteau ne disparaît pas comme ça.

Je vais revérifier aux archives, dit Igor Igorevitch en sortant.

Il semblait à Maria Nikolaïevna plus urgent que jamais de convoquer une nouvelle assemblée générale. Oui, maintenant qu'elle y pensait, elle se proposait de rameuter tout le monde et de demander au directeur de s'expliquer, de mettre un terme à la diffusion de ces dessins déconcertants, peut-être même de réfléchir à trouver quelqu'un d'autre pour prendre sa suite. Plusieurs personnes pouvaient y prétendre. Dont elle-même. Cette pensée lui causa d'agréables picotements dans la région de l'estomac. Elle recevrait les visiteurs derrière l'énorme bureau ancien. Chaque fois qu'on frapperait à la porte tendue de cuir, elle prendrait une gorgée de thé dans sa tasse en porcelaine chinoise, puis dirait à voix basse : Entrez, je vous prie. Quand l'intéressé se serait exécuté avec circonspection, elle ferait glisser çà et là des documents importants d'un air affairé, puis, sans lever les yeux, demanderait : Que puis-je faire pour vous ?

Alors que Maria Nikolaïevna s'apprêtait à faire part à Tatiana Olegovna de son idée de convoquer une assemblée générale, le directeur Konstantin Kovaliov apparut à la porte, fit un signe de tête à la ronde et annonça : Chères collègues, j'ai pensé à quelque chose. Nous allons réorganiser tant la collection de météorites que le fonds de préparations sèches et microscopiques des invertébrés. Le classement a déjà été effectué, mais les entoproctes et les cnidaires ne sont pas assez mis en valeur. Konstantin Kovaliov marqua une pause, s'approcha de la table, prit le dessin et le fourra dans la poche de sa veste. Vous, il désigna Maria, je vous confie la mise en œuvre, vous êtes un membre émérite de la collectivité, quel est votre nom, déjà ?

Maria Nikolaïevna. C'est mon nom.

Très juste, très bien. Je voudrais vous donner votre journée, chère Maria Nikolaïevna. Puis il se tourna vers la collègue Tatiana Olegovna : À vous aussi, je vous donne votre journée. Vous êtes au courant de ce qui s'est passé ?

Qu'est-ce que vous voulez dire ? demanda Tatiana Olegovna en faisant disparaître sous la table un sac bien rempli. À la radio, ils passent la *Marche funèbre*, vous en savez plus que nous ?

Le directeur baissa la voix : Je l'ai connu.

Vous le connaissiez personnellement ?

Exactement. On peut dire que nous étions amis.

Je comprends. C'est d'autant plus triste.

Il n'est pas non plus en bas, dit Igor Igorevitch en entrant.

Vous aussi, je vous donne votre journée, collègue, annonça le directeur, et il poursuivit : Il y a de nombreuses années, nous avons passé une soirée ensemble. En Crimée. Ce devait être en juin 1973. Quelle soirée. Quel endroit. Ceux qui sont enchaînés aux pierres froides de cette ville grise au fin fond de nulle part oublient facilement qu'il existe des endroits comme la Crimée.

Ne dites pas tant de mal de notre ville, cher camarade directeur, dit Maria.

Vous êtes donc déjà allée en Crimée ?

Non. Je dois avouer que je ne suis pas allée plus loin que la rive ouest du lac Baïkal, dans la région d'Irkoutsk.

Le directeur prit un morceau de sucre et le suçota. Vous savez, la mort m'affecte beaucoup.

Mais pour les gens gravement malades, la mort signifie la fin de leurs souffrances, objecta Tatiana Olegovna.

C'est ce qu'on nous fait croire, dit Konstantin Kovaliov en ôtant quelques miettes de sucre de son pantalon. Il fit signe à l'équipe d'approcher. Vous savez qui est le père du Minotaure ?

Un taureau, à ce que je crois savoir, chuchota Maria Nikolaïevna, et Tatiana Olegovna approuva d'un signe de tête.

Exactement.

Je ne comprends pas.

Alors réfléchissez-y. Le directeur prit congé avec un sourire triomphant.

Tatiana débarrassa les tasses et le sucre, sortit le sac de sous la table, exhiba deux jeans et un chemisier jaune canari et annonça : Rien que de la marchandise d'importation ! Igor Igorevitch battit discrètement en retraite afin que Maria puisse essayer le chemisier. Et le gâteau, c'est votre femme qui l'a fait, cher Igor Igorevitch ?

Fiche-lui la paix avec le gâteau, siffla Tatiana. Le chemisier te va bien, c'est ta couleur, tu le veux ?

Combien ?

Vingt roubles.

Je n'ai pas cette somme en ce moment.

Alors tu me donneras l'argent quand tu l'auras. Bon. On rentre à la maison ?

Maria Nikolaïevna ne réfléchit pas longtemps, tout à son nouveau rôle de chef elle dit : Mais qu'est-ce que vous croyez, Tatiana Olegovna ? La vie continue ! Tout le monde à son poste.

Depuis quelque temps, Maria Nikolaïevna en avait assez de la compagnie du mammouth empaillé du rez-de-chaussée et elle se tenait de plus en plus souvent dans la salle des lemmings. Parmi les pièces d'histoire naturelle et d'ethnologie exposées dans les vitrines s'y trouvait, à côté des objets artisanaux, un élan récemment naturalisé qui, en comparaison du mammouth mangé aux mites, paraissait tout à fait vivant.

Maria disposa sa chaise comme il fallait, elle changeait de position plusieurs fois par jour afin de pouvoir se consacrer à tous les objets. Avec certains elle développait rapidement une relation, d'autres lui inspiraient une véritable répugnance, ce qui ne l'empêchait pas de leur consacrer à eux aussi une contemplation soutenue.

Elle pouvait passer des heures à s'intéresser à une pointe de javelot probablement antédiluvienne ou à un biface en pierre, mais l'élan lui plaisait particulièrement. Fier et insouciant, il était placé dans un diorama, devant un bout de taïga peinte, le regard tourné vers elle. Une famille de lemmings naturalisés avec beaucoup d'art s'ébattait à ses pieds et une tornade de sable tournoyait à l'arrière-plan.

Quand Ianka avait neuf ans, Boris, son père, avait pris la décision lourde de conséquences d'aller passer trois mois dans les forêts de Sibérie afin de gagner quelques roubles de plus dans le bûcheronnage. Vers la fin de l'été, il avait écrit qu'il avait trouvé du travail chez un éleveur de rennes et qu'il y passerait l'hiver. Au printemps suivant, il écrivit que le nomadisme des Évenks lui avait tellement plu qu'il s'était joint à eux. Qu'il avait compris qu'il n'était pas fait pour vivre en ville et que le manque de liberté de l'existence citadine causerait sa perte s'il devait revenir. Je comprends, avait-elle répondu, mais qu'est-ce que je dois dire à ta fille ? Elle n'avait pas reçu de réponse. En des journées comme celle-ci, Boris émergeait parfois à l'horizon du diorama, elle le visait de l'index mais le manquait toujours. Ce dont elle lui tenait le plus rigueur, c'était de n'avoir jamais répondu aux lettres de Ianka. Celle-ci lui écrivait semaine après semaine, ajoutait de petits dessins, parlait de l'école, de ses amis, composait des poèmes. Pas une seule fois il n'avait répondu.

8

Il faisait beaucoup trop froid dans la pièce. Quand Ianka rentrait de son travail de nuit, elle ouvrait grand la fenêtre en toute saison, comme si elle étouffait. De ce fait, la saleté de la rue pénétrait dans la chambre et on s'enrhumait régulièrement. Varvara Mikhaïlovna prit le chiffon posé sur le radiateur et le passa sur la commode, sur l'abat-jour du lampadaire, puis elle épousseta les figurines en porcelaine exposées dans la vitrine, l'une après l'autre, de la porcelaine de Gjel. Comme si on risquait de s'oublier les unes les autres dans cette chambre où l'on vivait toutes ensemble, il y avait des photographies encadrées sur chaque table de nuit. Varvara Mikhaïlovna avait une photo de sa petite-fille et une de sa fille enfant. Sur la table de chevet de Maria, on voyait Varvara tenant la petite Ianka par la main dans la forêt. Et même Ianka exposait un cliché, qui les représentait toutes les quatre peu après la naissance de Krochka, le nourrisson au milieu, objet de leurs soins.

Varvara ramassa un bout de papier, Ianka avait une écriture négligée. Elle froissa le papier dans sa main et le mit dans sa poche, se souvint soudain que dans son enfance Ianka ne voulait pas s'endormir le soir, de crainte de manquer quelque chose. Assise dans son lit, elle chantait ou jacassait jusqu'à une heure tardive et empêchait tout le monde de dormir. Varvara y voyait un signe d'entêtement, Maria, la manifestation de l'indépendance d'esprit de sa fille et les prémices de son génie. Installée à son chevet, elle écoutait ses inepties avec ravissement soir après soir.

Tu veux bien me rendre mes notes pour ma nouvelle chanson ?

Varvara tressaillit et se retourna brusquement. Tu m'as fait une de ces peurs, Ianka ! Je croyais que tu dormais. Varvara lui tendit le bout de papier froissé.

Tu m'as réveillée.

Varvara Mikhaïlovna ouvrit la penderie et passa en revue la garde-robe de sa fille. Elle se demanda comment Maria faisait pour dégoter tous les deux mois un nouveau vêtement.

Ianka s'extirpa du lit, se leva et prit sa grand-mère dans ses bras.

Mets quelque chose sur le dos, il fait froid. Varvara prit la robe noire, passa la main sur la dentelle des manches, la remit à sa place et sortit le chemisier bordeaux.

Comment je suis ? Ianka rejeta ses cheveux en arrière avec coquetterie, redressa le dos telle une danseuse.

Tu es très belle. Mais nue.

Vous êtes toutes coincées.

Non, attachées à la décence, c'est tout.

C'est le chemisier de maman. Elle n'aime pas que tu portes ses affaires.

Varvara remit le chemisier dans le placard. Pourquoi tu t'es levée ? Tu ne veux pas dormir encore un peu ?

J'ai fait un cauchemar. Quelqu'un m'agressait avec un chiffon.

Il faut que je parte travailler, tu auras de nouveau la paix. Varvara posa sa robe de chambre sur le dossier de la chaise.

De toute façon je n'arrive pas à dormir, je suis trop énervée avant le concert.

Pas besoin d'être nerveuse, tu as un travail honorable et une petite fille. Tu veux bien m'aider à mettre mon soutien-gorge ?

Quand est-ce qu'on fera enfin une demande de logement individuel ?

Ta mère a essayé, et tu le sais. D'ailleurs – est-ce que nous avons droit à un logement individuel ? Avons-nous des mérites dignes d'être revendiqués ? Et puis, on est bien, ici.

Peut-être que tu es bien, parce que tu es une vieille femme, tu en as fini avec les rêves. Ta fille, elle, est encore jeune, elle pourrait tout à fait se remarier.

Qui voudrait épouser une quinquagénaire ?

Elle a quarante-cinq ans. Je crois que tu ne veux pas qu'elle soit heureuse.

Qu'est-ce que c'est, ces méchancetés que tu inventes à propos de ta grand-mère ? Je n'ai pas de plus cher désir que de voir ta mère enfin heureuse.

Alors pourquoi tu parles d'elle comme ça ?

Comment est-ce que je parle d'elle ?

Avec mépris.

J'ai pitié d'elle. Vous savez encore ce que c'est, tes amis et toi ? Vous savez ce que ça signifie, avoir pitié ?

Varvara boutonna sa veste de tailleur.

La pitié affaiblit la personne qu'on prend en pitié.

N'importe quoi, Ianka.

On pourrait ériger un mur au milieu de la pièce, on entasserait des briques et on les revêtirait de bois. Les murs en bois sont très agréables. Chaque citoyen soviétique a droit à neuf mètres carrés, j'en suis loin.

Et comment on répartirait les deux pièces ? demanda Varvara.

Je prendrais l'une et maman, toi et Krochka, vous prendriez l'autre. J'aurais enfin un peu d'intimité.

Je pensais que l'intimité de ta mère serait ton premier souci. Si tu avais épousé le père de ton enfant, comme tout être normalement constitué, aujourd'hui tu aurais ton propre appartement.

Ça ne va pas recommencer ! Si c'est ce que tu veux, on partira d'ici, Krochka et moi.

Et pour aller où ? Bon, enfile quelque chose à la fin, chérie, tu n'es pas une sauvage. Il faut que j'y aille.

Attends. Tu crois que ce sera toujours comme ça ?

Oui.

Et tu l'acceptes ?

Oui.

Ce soir, c'est mon concert.

Mais je le sais. Tu chanteras très bien.

Je crois que tu ne comprends pas.

Si, je te comprends très bien. Tu es jeune, il ne peut rien t'arriver.

9

Ianka entendit se refermer la porte de l'appartement. Elle prit un enregistrement d'Aleksandr Bachlatchov qu'Andreï avait dégoté on ne sait comment, inséra la cassette, ferma les yeux. Elle se vit assise sur un tabouret au milieu d'une grande scène vide, faiblement éclairée, et, à ses pieds, respirant avec elle, le public. Elle frappe les cordes, un son doux et plein s'échappe de la sono, sa voix emplit la salle. Puis le dernier accord, un accord à quatre sons, une grande septième excitante. Jamais je ne trouverai la paix, jamais vous ne devrez trouver la paix. Le public exulte, Ianka transpire, elle est heureuse, s'incline, chuchote : J'ai besoin d'une pause, les amis, une toute petite pause. Elle laisse sa guitare, fait un signe à l'ingénieur du son, qui s'appelle peut-être Choura, lui indique qu'elle a besoin d'un peu d'eau. Choura réagit au quart de tour, lui apporte la bouteille contenant de l'eau tiède, comme elle l'aime, pas trop froide. Encore une chanson, les amis, et après, fini. Elle essuie son front en sueur, reprend son instrument, respire à fond, veut commencer à chanter, s'interrompt, regarde dans le public, cherche le visage familier, la dernière chanson est pour toi.

Dans le couloir, il y eut un bourdonnement, un bourdon semblable à celui d'un nid de frelons. Il y eut un tapotis et un grincement crissant comme si on passait des crayons au hachoir. Puis un crépitement et un chuchotis. Ianka entrouvrit la porte et sursauta quand Gagarine entra d'un bond et vint se frotter contre ses jambes. Qu'est-ce que tu as à ronronner, espèce de monstre ? Froissé, le matou se détourna et se faufila de nouveau dans le couloir. Ianka sortit de la chambre. Gagarine avait disparu dans l'extrémité obscure, là où logeaient les Karisen. Matveï Aleksandrovitch avait déclaré y être allé bien longtemps auparavant. Un endroit où il n'y a pas de soleil, avait-il proclamé, puis il s'était muré dans le silence.

Elle fit quelques pas et tendit l'oreille. Les bruits semblaient venir de la chambre du professeur. Elle frappa doucement à sa porte. Il n'y eut pas de réponse. Elle frappa de nouveau, toujours pas de réponse. Ianka posa la main sur la poignée, hésita, puis poussa le battant.

Le professeur n'était pas là.

Au milieu de la pièce se trouvaient deux chaises disposées l'une en face de l'autre. Sur les chaises était placée une planche qui avait manifestement été utilisée comme marchepied pour accéder à un siège suspendu au plafond par des rubans élastiques et des ressorts spirales. Une catapulte. Un siège éjectable qui oscillait très légèrement. Juste au-dessus du siège, un trou béait dans le plafond.

La pièce était très petite, deux mètres sur trois, peut-être, et dépourvue de fenêtre. Placée contre le mur du fond, une étroite couchette tenait plus du divan que du lit. Devant la couchette, une paire de chaussures avachies. Les murs étaient couverts d'affiches et de cartes postales, de messages du Parti, il y avait une photo de la place

Rouge la nuit, envahie par une foule de gens qui portaient des drapeaux rouges. Une cruche en faïence gisait par terre dans la poussière, au milieu de débris.

La légère oscillation du dispositif résultait peut-être d'une contraction récente des rubans élastiques après une puissante extension. Peut-être aussi était-elle simplement due à un courant d'air.

Ianka entra avec circonspection et leva les yeux vers le trou. À sa grande surprise, elle aperçut le ciel. Elle regagna le couloir et referma soigneusement la porte.

De retour dans sa chambre, elle prit sa guitare et se dit : Ce n'est pas possible, personne ne peut s'envoler. Personne. Puis elle essaya de nouveau d'accorder l'instrument. Le résultat fut lamentable, la corde de *sol* produisit un pitoyable bruit de crécelle, le manche devait être tordu. Ianka caressa le vernis fendillé, passa le bout des doigts sur les bords. Dans une heure elle verrait Pavel, il lui donnerait une nouvelle guitare, ainsi qu'il l'avait promis. Quoi qu'il advienne, avait-il dit.

Elle s'habilla, entoura ses yeux d'un trait de khôl et sortit. Un groupe de jeunes pionniers passa au pas cadencé, écharpes enveloppées autour de cous minces, gants épais, cache-oreilles. À treize ans, elle aussi avait été une pionnière pure et dure. Premières menstrues dans le sac de couchage en pleine forêt, feu de camp, chants patriotiques, mal du pays. Pour la première fois, la nostalgie. La nostalgie de Pavel, de l'ami qui avait toujours été là et qui, soudain, lui manquait d'une tout autre manière. Elle avait compté les jours jusqu'à leurs retrouvailles et, quand enfin Pavel avait été devant elle, il s'était dérobé.

Ce n'est que trois ans plus tard, lors de la nuit au bord du fleuve, qu'elle avait embrassé Pavel. Pavel avait embrassé Andreï. Andreï l'avait embrassée. Le matin suivant, du soleil partout, dans la tête rien que du verre. La rivière était lisse et clémente, Andreï grattait la guitare, Pavel se baladait, triait herbes, cailloux et bâtons. On avait lancé le nom de Ianka. C'était Andreï – ou était-ce Pavel – qui lui avait pris la main, l'avait tournée et retournée, puis en avait glissé un doigt dans sa bouche. Est-ce que ça va ? Ça va. Était-ce Andreï ou était-ce Pavel qui essayait de plaisanter avec elle ? De répugnantes petites mouches silencieuses voletaient autour de leur nez, se posaient partout en laissant de la cendre derrière elles. Je me barre, avait-elle dit, et personne ne l'avait retenue.

À droite, le champ de céréales, à gauche les pins de montagne, un homme portant une canne à pêche et un seau en plastique l'avait croisée en sifflotant, lui avait fait un signe de la tête, elle avait voulu le saluer, mais ses lèvres étaient restées collées.

Lorsqu'elle était arrivée à la datcha, Maria était assise dans la véranda en train de raccommoder des chaussettes, elle avait levé les yeux et pointé le doigt vers le chemisier déchiré de Ianka avec sa pomme jaune cousue sur la poitrine. Tu n'es pas trop âgée pour ce genre de vêtements ? Le fil avait glissé hors du chas de l'aiguille. On est allés se baigner. Toute la nuit ? Oui. Où sont tes chaussures ? Oubliées. Maria avait essayé de réenfiler le fil dans le chas, une tâche qu'elle détestait, elle avait envoyé promener l'aiguille, le fil et la chaussette. Ianka s'était agenouillée aux pieds de sa mère, avait posé la tête sur ses genoux et l'avait entourée de ses bras. Elle ne pleurait pas, attendait simplement que sa mère pose une main sur sa tête, où elle découvrirait peut-être quelques aiguilles de pin ou un peu de sable dans ses cheveux. Mais Maria n'avait rien vu et n'avait pas posé de questions. Elle avait repoussé sa fille en riant : Lâche-moi, enfin.

Peu avant la Saint-Sylvestre, Ianka avait annoncé : Je suis enceinte. Dans le parc, des boules multicolores avaient été suspendues dans les arbres, il y avait des sculptures de glace, représentant des personnages de conte de fées. Ce n'est pas possible, Andreï avait eu un rire hystérique, et Pavel avait regardé Blanche-Neige avec des yeux ronds. Tu peux le faire passer ? Tu es malade ? Elle avait frappé Andreï au visage et il s'était tu. Mais pas longtemps, il avait commencé à se livrer à des calculs compliqués afin de prouver qu'il ne pouvait absolument pas être le père, avait disqualifié le calendrier grégorien comme le calendrier julien – en conséquence, personne ne pouvait être le père. Pourtant, Andreï savait aussi bien que Pavel que l'enfant avait été conçu lors de cette nuit au bord du fleuve. Je pourrais être un père pour l'enfant, avait dit Pavel à voix basse. Ianka s'était moquée de lui. Parce que tu crois que je veux t'avoir chaque jour sous les yeux uniquement pour que mon enfant puisse appeler quelqu'un papa ? Tu crois que je veux te faire des pirojkis et emménager chez tes parents jusqu'à ce que tu aies trouvé un emploi ? Je ne veux pas d'un homme qui rêve à d'autres hommes, d'ailleurs je ne veux pas de mari. J'ai assez à faire avec ma mère et ma grand-mère.

Dans la cafétéria de la faculté de technologie, Ianka prit une assiette de gruau de sarrasin, une tasse de lait et une compote. Son plateau à la main, elle alla s'installer à une table libre. Elle aimait bien faire comme si elle était à sa place en ces lieux.

Au bout d'une éternité, Pavel fit son apparition, entouré de filles. Il n'avait rien d'autre que sa sacoche, pas de valise, pas de sac, rien qui indique la présence d'un instrument. Ianka jura tout bas.

Une femme de ménage équipée d'un arrosoir entra dans son champ de vision, se mit à arroser tantôt l'un des caoutchoucs tantôt l'autre, s'arrêta, leva les yeux comme si elle suivait du regard un groupe d'oies.

Pavel n'avait pas vu Ianka, il prit lui aussi du gruau de sarrasin et une compote, le groupe s'installa à une table à demi dissimulée par un caoutchouc et, au lieu de manger, Pavel sortit une pile de feuilles de sa sacoche et se mit à pérorer. Les filles étaient suspendues à ses lèvres.

Ianka repoussa son plateau, se dirigea vers le groupe et frappa du plat de la main sur la table, manquant faire déborder la limonade Buratino dans les verres. Pourquoi vous n'êtes pas à la cérémonie funèbre, Pavel Pavlovitch, lui lança-t-elle, et elle le traîna dehors sous les yeux de ses condisciples consternées.

Tu es dingue, pesta Pavel, ravi, tandis qu'ils traversaient le parvis.

Tu as la guitare ?

Pas ici.

Où ?

Allons ailleurs pour parler.

Alors viens.

Où ça ?

J'en sais rien.

Ils continuèrent à marcher rapidement main dans la main, sur la gauche une porte s'ouvrit, un homme sortit, ils se glissèrent à l'intérieur.

Où tu veux aller ?

Tout en haut. Alors, la guitare ?

Pourquoi faut-il toujours que les gens abîment les ascenseurs, hein, pourquoi ? demanda Pavel en creusant des lignes fines avec sa clé dans le vernis de la paroi.

Pavel, où est la guitare ?

Je ne l'ai pas encore.

L'ascenseur s'arrêta, couloir désert et quelques mesures de marche funèbre, la porte se referma. Ianka ouvrit la fermeture Éclair de sa parka et défit les premiers boutons de sa veste en laine. L'ascenseur s'arrêta de nouveau, une femme entra avec une poubelle à la main : Où est-ce que vous allez ?

On monte.

Moi, je descends. La femme fit la grimace et fixa le décolleté de Ianka : Pourquoi tu ne portes pas de soutien-gorge, jeune fille.

Qu'est-ce qui pue comme ça, vous avez un cadavre de martre dans votre seau ?

Et quand bien même, en quoi ça te regarderait ?

Dans ce cas, il faudrait qu'on appelle la milice, tu ne crois pas, Pavel ? Ianka tourna le dos à la vieille, embrassa Pavel sur la bouche et ferma les yeux, entendit la femme souffler d'indignation. L'ascenseur s'arrêta avec une secousse.

Crapules de mécréants, on devrait vous bannir, dit la vieille, et elle cracha à leurs pieds. L'instant d'après, elle était sortie, la porte se referma et ils reprirent leur ascension cahotante.

Je n'aime pas particulièrement les ascenseurs, dit Pavel.

Au cinquième étage, il y avait une échelle, qu'ils empruntèrent pour monter sur le toit à travers une étroite lucarne, et ils s'accroupirent au milieu des cheminées et des antennes de télévision. Ianka alluma deux cigarettes et en glissa une entre les lèvres de Pavel. Je veux acheter un tricycle à Krochka.

Et en quoi ça me concerne ?

Je pensais que tu pourrais m'aider.

La guitare, un tricycle – pour finir ce sera une plantation de bananes.

Laisse tomber, Pavel.

Combien ça coûte, un tricycle ?

Ianka se leva, se dirigea vers le vide en essayant de garder l'équilibre et se pencha en avant. Bon Dieu, ce que c'est haut, ça me donne le vertige.

Alors ne regarde pas en bas.

Je te manquerais ?

Arrête ça, Ianka.

Dis, Pavel, qui a embrassé qui le premier, cette nuit-là ?

Quelle nuit ?

Dehors, au bord du fleuve, il y a trois ans. Ianka poursuivit son avancée en équilibre sur la gouttière.

Aucune idée. Tu ne vas pas recommencer !

Réfléchis.

Tu as embrassé tout le monde. Andreï, Kostia, Olga, Emi et tous ceux qui passaient par là.

Ce n'est pas vrai.

Et moi.

Ça, c'est vrai. Et c'était beau. De t'embrasser.

Pourquoi tout est différent depuis la naissance de Krochka ?

À toi de me le dire, Pavel.

Avant, on s'amusait.

Ce que tu appelles s'amuser.

Le temps qu'on passait ensemble me manque, Ianka.

Il faut que je travaille, il faut que je m'occupe de ma fille.

Moi aussi je voulais m'occuper de Krochka.

Mais c'est faux, fiche-moi la paix. Quand il nous arrive de passer un dimanche ensemble avec Krochka, tu te plains qu'on ne puisse pas avoir une vraie conversation, parce que l'enfant n'arrête pas de crier. Ianka sentit sa tête s'échauffer à la pensée que, la plupart du temps, Krochka ne pipait mot, comme si elle pressentait qu'elle devait être invisible afin de n'être un fardeau pour personne. Et elle ne sut si la chaleur qui l'avait prise était due à la honte ou à la colère. Elle pouvait tout considérer de deux façons, elle pouvait sauter du toit ou vivre, et entre la honte et la colère il n'y avait qu'une simple décision.

Il faut que j'y aille, dit Pavel.

Où ça ?

En Afghanistan, je ne te l'ai pas dit ?

Idiot. Alors, où ça ?

Il y a du travail, deux cents roubles, cash, de la main à la main. Ce soir, je t'apporterai une guitare, je sais déjà laquelle, chez *Musik der Nationen* ils en ont une tchèque dans la vitrine. Tu restes ici ?

Oui, je reste encore un moment. Ianka fit des moulinets avec les bras comme si elle perdait l'équilibre.

Ne tombe pas.

Elle entendit les échelons craquer, puis la porte de l'ascenseur grincer. L'étudiant zélé se barrait, pour aller tuer une vieille prêteuse sur gages et s'emparer de deux cents roubles. Le rêveur. Deux cents roubles. Il n'avait même pas les moyens de s'offrir des chaussures neuves.

D'en haut, la ville avait l'air paisible. À ses pieds s'étendait, tout en bas, la rue tachetée de flaques et de restes de neige, les coupoles en forme d'oignon d'une petite église se dressaient dans une cour et, au fond, au bord du fleuve, s'élevaient les ensembles de tours et les usines, la fumée qui s'échappait des cheminées était noire.

Andreï était assis sur les marches devant la statue de Lénine dans le parc, il buvait. Il portait une veste en jean, sur laquelle il avait enfilé son ridicule gilet en fourrure de Mongolie. Ianka l'attrapa par la nuque, lui tira les cheveux. Arrête de picoler.

Pourquoi ?

Parce qu'il faut que tu m'aides. Pavel n'a pas trouvé de guitare, à toi de le faire.

Pourquoi moi ?

Parce que tu as détruit la mienne. Tu as déjà oublié ?

Andreï prit une gorgée, la fixa d'un regard vitreux. Oui, c'est vrai.

Tu es complètement dans les vapes.

Ceci est une cérémonie funèbre officielle, tu déranges une cérémonie funèbre officielle, Ianka, ça aura des conséquences.

Tu me feras pendre ?

Je n'ai pas dit ça. Pas de drame, s'il te plaît. Je n'y peux rien si Pavel ne tient pas ses promesses. Chez *Musik der Nationen* il y a une bonne guitare tchèque, mais elle coûte cher.

Je sais. Et je te repose la question : tu me feras pendre ?

Si tu continues à crier comme ça, tu vas attirer la milice. Calme-toi, par l'éternelle entente de l'Union, calme-toi. Andreï posa un doigt sur ses lèvres et se tourna vers Lénine. Le camarade Vladimir Ilitch n'aime pas les femmes qui braillent, lui non plus. Tu lui fais peur en criant comme ça.

Ce concert est important pour moi, et tu ne fais même pas semblant de te remuer. J'ai besoin d'une nouvelle guitare.

J'ai tout essayé. Andreï dansait autour d'elle et lança : Mais où suis-je censé trouver l'argent ? Bon Dieu, tu as de ces idées, Ianka. J'ai demandé sa gratte à Trudik, une douze cordes, mais il a dit qu'il ne la prêtait pas aux filles. Qu'est-ce que tu veux que je fasse ?

J'en ai tellement marre de vous. Fous le camp, Andreï.

OK, je fous le camp, mais dans ce cas tu seras débarrassée de moi pour toujours. On verra bien comment tu te débrouilles. Je crois que Trudik avait raison de ne pas vouloir te prêter sa guitare. Il sait ce qui en sortira – des glapissements geignards. Tu n'as qu'à chanter tes petites chansons à ta Krochka, mais pas le soir avant de se coucher, elle ferait des cauchemars.

Allez, disparais et ne prononce plus jamais le nom de ma fille.

Andreï reprit une gorgée et commença à chanter. Il chantait la chanson de Ianka. Celle-ci fixa le ciel, où étaient suspendus de grands nuages, aussi inutiles et inertes qu'elle. Des gens s'arrêtèrent pour écouter. Ianka se détourna et s'en alla, avec dans l'oreille le chant d'Andreï, sa voix rauque inimitable, qui s'atténuait lentement avec le deuxième couplet.

10

L'étudiant était mort.

Rentrez chez vous, Matveï Aleksandrovitch. Rentrez chez vous et restez à disposition.

Matveï Aleksandrovitch sortit fébrilement le dossier : aucune mention d'affections préexistantes, un électrocardiogramme exemplaire, même à l'effort – le cobaye était en parfaite santé. Il se procura le procès-verbal auprès du technicien de service. Conformément aux directives, on s'était mû jusqu'à la limite de la zone autorisée, nulle part la courbe n'allait au-delà.

Nous vous contacterons. Il y aura évidemment une enquête.

Matveï Aleksandrovitch se détourna.

Attendez, Matveï Aleksandrovitch, cria Zinaïda Petrovna, vous avez tout oublié ! Elle parla encore d'accident, de destin et de malchance, mais Matveï Aleksandrovitch n'écoutait pas. Il coinça manteau et serviette sous son bras, dans la grande salle il ouvrit la porte de derrière et se retrouva dehors. Il inspira profondément, mais l'air était ténu, un fil, un affreux éclat pointu dans la trachée. Il sentit un tiraillement, pas de douleurs, juste un tiraillement régulier, horrible, dans l'estomac et dans la tête. Il fallait qu'il parte d'ici. Il s'élança en trombe en ne cessant de se retourner comme s'il était suivi. Des pensées tourbillonnaient, il ne pouvait en retenir aucune. Les pavés étaient sales, avaient-ils toujours été aussi sales ? En haut, des corneilles répugnantes et, partout, de noirs nuages de fumée qui empoisonnaient l'air.

Il s'arrêta comme si cela lui facilitait la réflexion, porta ses doigts tremblants à son visage et le palpa précautionneusement. Le front en sueur, les paupières, les joues, le cou. Quel sale individu je suis. Il regarda autour de lui avec étonnement. Qu'est-ce que je vais raconter ? En quoi était-ce important, bon Dieu ? Et d'ailleurs, à qui devait-il raconter quelque chose ? Avait-il quelqu'un à qui il pouvait raconter quelque chose ? Et derechef : que devait-il raconter ? Il n'y avait rien à raconter. Rien. Il n'avait tué personne. Quelqu'un était mort, qui, auparavant, avait attesté par une signature qu'il était conscient des risques. Et voilà que c'était arrivé. Quoi ? Camarade, quoi ?

On devrait flinguer les corneilles, elles devraient se taire. Il haïssait toute cette merde, ces rues sales, où il n'y avait pas un arbre, juste la puanteur de l'air. Mon esprit travaille, mon esprit est clair, je ne commets pas d'erreurs, compris ? Pour un peu il aurait crié cette phrase à la figure des deux ivrognes qui arrivaient à sa rencontre en tanguant. Qu'est-ce que vous fichez ici en plein jour, crapules ! beugla-t-il. Ils s'arrêtèrent, ne pigeant rien, le fixant telles des vaches à l'abattoir. Pourquoi vous ne travaillez pas ? Je vais vous dénoncer. Vagabonder durant la journée, bons à rien, parasites, d'autres travaillent pour que vous puissiez picoler !

Calme-toi, frère, dit l'un des deux, mon ami Vladimir croit que tu es celui que nous avons toujours attendu. Mais tu as le nez qui saigne.

Je vais t'en montrer, moi, un nez en sang ! Matveï Aleksandrovitch porta de nouveau ses mains à son visage, sentit le sang, En quoi ça vous regarde ? Fichez le camp, allez !

Comment s'appelait l'étudiant, au fait ? Il essaya de se remémorer la signature du jeune homme, la signature avec laquelle il avait scellé son sort. Dans son inconscience juvénile le garçon n'avait évidemment pas pensé que la vie pourrait lui jouer un tour, le tour ultime. Il n'avait pensé qu'à l'argent. Que voulait-il s'acheter avec ? Peut-être avait-il économisé pour une voiture ? Et la mère du jeune homme ? Vous avez mon garçon sur la conscience, vous et personne d'autre ! Non ! C'était un accident. N'avait-il pas, ce matin, appelé le technicien pour lui donner l'ordre – que lui avait-il dit ? En tout cas, il y avait plusieurs mois, déjà, il avait fait savoir au comité directeur qu'il fallait apporter plus de soin à la vérification technique des instruments. Il avait pourtant exigé que les médecins montrent plus d'empressement à être présents durant les expériences. Personne n'avait voulu l'écouter. Et voilà ce qu'ils y avaient gagné. Non, ce que lui y avait gagné, car la personne en charge, c'était lui.

Il sortit un mouchoir de la poche de son manteau, le sang avait déjà séché. Il transpirait, il avait soif, sa gorge était sèche et douloureuse. Il pensa à un ruisseau qui coule et clapote, pensa à de l'eau, fraîche et d'une transparence perlée. Il marcha sans but jusqu'à ce qu'il se retrouve devant un kiosque, au milieu de nulle part. D'une voix beaucoup trop forte, il commanda un verre de kvas.

Il n'y a plus de kvas.

Donnez-moi une bière.

Je n'ai pas de bière.

Bon Dieu ! Qu'est-ce que vous avez, alors ?

De l'eau gazeuse. Et aussi de l'eau gazeuse avec de la grenadine si vous voulez.

Donnez-moi un verre d'eau gazeuse.

Matveï Aleksandrovitch vida son verre à longs traits, puis resta immobile devant le kiosque. La vendeuse retourna à son livre. Le monde se trouvait quelque part ailleurs. Matveï était seul. Il fallait qu'il parle à quelqu'un. Il fallait qu'il s'explique. Il n'était pas coupable. Pourquoi avait-il fallu qu'il tombe sur cet étudiant ? Celui-ci avait sans doute caché qu'il avait une déficience cardiaque. Mais pourquoi avait-il fait cela, ce jeune imbécile ? Par bêtise ou par cupidité ? C'était mal, de cacher des choses. C'était tout bonnement mal. Pourquoi personne n'avait-il pitié ? Vous avez pitié ?

De vous ? La vendeuse leva les yeux de son livre. Vous voulez un deuxième verre d'eau gazeuse, avec de la grenadine peut-être ?

On devrait m'enfermer, m'enfermer et non me plaindre.

Comment ça ? T'enfermer ou te plaindre ? Qu'est-ce que tu as donc fait ? Tu as trompé ta femme ?

Ce que tu es bête.

Pas d'insolence. Je n'y suis pour rien, j'ai mes propres problèmes, fiche-moi la paix avec les tiens.

Matveï Aleksandrovitch tomba à genoux. La vendeuse se pencha en avant et le regarda. Ah, un ivrogne, j'aurais dû m'en douter. Lève-toi, mon ami, il me reste encore une bière, tu la veux ?

Matveï Aleksandrovitch se leva, prit sa serviette et s'en alla. Où se tourner ? Qui le prendrait en pitié ? Il n'y avait rien eu d'intentionnel. Mais intentionnel ou pas, le garçon était mort. Non, il n'était pas un salaud, il était un homme insignifiant, un homme qui accomplissait son devoir – et à ce mot, devoir, il eut envie de vomir. Allez, passez votre chemin, mesdames et messieurs, tout va bien. Et à supposer qu'il soit un salaud, alors le genre humain tout entier était fait de salauds, alors tous ceux qui respiraient et bouffaient ici, tous, ils étaient mauvais et coupables.

Il s'arrêta et, soudain, il sut à qui il voulait parler, à qui il voulait se confier. La seule qui le comprendrait, qui avait l'esprit et le cœur pour le comprendre, qui était capable de ressentir et de penser, c'était Maria Nikolaïevna. Bien sûr, comment n'y avait-il pas songé tout de suite ? Cette personne délicate, intelligente et aimable comprendrait tout.

Plus tard, il fut incapable de se rappeler comment il était arrivé au musée d'Histoire naturelle et d'Ethnographie. Mais, camarade, vous devez bien vous en souvenir ? Non. Vous avez pris le bus 17 ? C'est possible, oui, le bus, mais il se peut aussi que j'aie couru. Il faut que vous sachiez que, jeune homme, j'étais le coureur le plus rapide de notre village. De quel village parlez-vous ? Le village dans lequel j'ai grandi. D'après ce qui ressort de votre dossier, vous avez grandi en ville. Oui, c'est juste, en ville.

Aux toilettes, il s'aspergea le visage d'eau froide, se lava les mains, la nuque, et mit de l'ordre dans ses cheveux.

Il trouva Maria Nikolaïevna au deuxième étage et la vit avant qu'elle ne le voie. Assise sur une chaise, elle contemplait un élan. Quel spectacle ! Ses cheveux étaient comme toujours coiffés en chignon, elle se tenait droite, les mains posées sur les genoux. L'agréable visage, le nez légèrement pointu de profil, un foulard à motif coloré autour du cou. Ceux qui croient ne pas être observés développent une forme de beauté inconsciente, et il se demanda ce qui pouvait bien constituer l'étrangeté de cette femme, ce qui, dès la première fois où il l'avait vue, lui avait tant plu chez elle. À cet instant, elle tourna la tête et le regarda avec étonnement.

Matveï, vous ici, pour une surprise…

Oui, j'ai eu à l'improviste quelques heures de libres, et je me suis rendu compte que je n'avais pas revu ce musée depuis des années. Après quoi m'est venue tout naturellement la pensée que vous, Maria Nikolaïvena, travailliez ici et cela m'a paru tout à coup être un hasard providentiel.

Elle se leva et se rassit, puis se leva de nouveau. Je ne peux malheureusement pas vous proposer de chaise, il n'y a que celle-là. Pour ma part, je suis assise toute la journée dans cette salle et je resterais volontiers un moment debout. Alors, je vous en prie, asseyez-vous.

Non, merci, moi aussi je préfère rester debout. Et j'espère que je ne vous distrais pas trop, car je suppose que la surveillance et le contrôle des objets exposés exigent votre pleine et entière attention. Je ne vous retiendrai pas longtemps, et si ma présence ne vous agrée pas, je m'en irai sur-le-champ, bien entendu.

Mais il n'y a personne ici que je puisse surveiller, Matveï. L'élan ne fait pas mine de vouloir prendre le large, et il n'y a pas non plus de visites scolaires aujourd'hui. Alors, restez, Matveï, je suis contente que vous me fassiez passer un peu le temps.

Je ne veux pas le faire passer, je veux le passer – un court laps avec vous.

Matveï se pencha sur le caisson vitré abritant les putois en train de nager et fit remarquer avec quelle habileté l'artiste avait su tirer parti de la forme du matériau.

Regardez donc, Maria Nikolaïevna, les putois nagent la gueule dressée vers le haut et les pattes allongées de façon aérodynamique dans une rivière qui, aujourd'hui encore sans doute, déroule ses méandres dans le paysage. Il a dû passer beaucoup de temps à observer les animaux, il a dû véritablement sentir les mouvements de nage dans ses propres membres.

Ou elle.

Pardon ?

Il s'agit peut-être d'une artiste femme.

Cela m'étonnerait. Regardez donc, le plus grand des deux nage en tête, l'autre le suit. Un chef-d'œuvre. Je crois qu'à un moment donné, il s'est produit quelque chose d'étrange dans le cerveau de l'Homo sapiens, des neurones se sont formés, d'autres sont morts, et un nouvel et terrible enchevêtrement de connexions a amené l'homme à ne plus limiter sa créativité à sa survie – la protection et la recherche de nourriture – et à commencer à faire de l'art. Une erreur de l'évolution dont les résultats suscitent aujourd'hui notre émerveillement. Ces putois sont sculptés dans de la corne de renne, à ce qu'il me semble. Et ce minuscule objet à côté représente un loup de Tasmanie, non ?

Ce n'est évidemment pas un loup de Tasmanie, Matveï, c'est un hippopotame.

Un hippopotame ? Il y avait déjà des hippopotames à l'époque ?

Pourquoi pas ?

Ce n'est pas le lieu de spéculer. Nous sommes dans le domaine de la science. Dites-nous, camarade Matveï Aleksandrovitch, lorsque vous êtes arrivé à l'institut au matin du jour dit, appelons-le le jour funeste, avez-vous remarqué quelque chose de particulier ? J'ai remarqué la puanteur du vernis à ongles. Autrement dit, vous étiez irrité ? Je n'ai pas dit ça, j'ai simplement dit que ma collègue, la chère Zinaïda Petrovna, se vernissait les ongles et que l'odeur du vernis m'avait incommodé. Et pour compléter, j'ajouterai ici – puisque déjà nous abordons le sujet – que le lieu de travail ne me paraît pas être approprié à l'exercice des soins corporels, en réalité je devrais signaler cet incident.

Peut-être que ce sont tous ces objets qui ont fait de l'homme un homme, dit Maria, parce que l'homme a maîtrisé le monde à l'aide des objets.

Voilà qui est bien dit, Maria Nikolaïevna. C'est exactement ce qu'il me semble à moi aussi. Camarade Matveï Aleksandrovitch, avez-vous quelque chose à ajouter ? Je voudrais encore préciser qu'en ce jour funeste, comme vous l'appelez, j'étais particulièrement de bonne humeur, sur le trajet notre paysage d'usines et l'institut m'ont paru particulièrement clairs, lumineux et utiles. Parce que ce n'est pas le cas d'habitude, camarade ? Bien sûr que si, mais ce matin-là plus encore que d'ordinaire parce que, si c'était un matin où tous les haut-parleurs diffusaient la marche funèbre, il y avait pourtant un espoir de renouveau dans l'air. Il est tout de même intéressant que ce soit ce matin-là que vous ayez connu pareille mésaventure. Oui, vous avez raison, c'est intéressant, mais vous l'avez remarqué fort justement, c'était une mésaventure, mais la mésaventure de qui ? Pourriez-vous définir la mésaventure, camarade. Bien sûr, une mésaventure – un instant, il faut que je réfléchisse. Prenez votre temps, peut-être trouverez-vous une réponse dans un de vos coffrets ? C'est une bonne idée, je vais regarder – attendez, vous vous moquez de moi ? D'où vous vient cette idée ? Maudits regards inquisiteurs, arrêtez de me tourmenter, je suis un brave citoyen, et si on veut m'interroger, alors que ce soit dans les formes prescrites par la loi ! Je ne me prêterai à aucune autre méthode !

Vous savez, Matveï Aleksandrovitch, je m'intéresse aux différences infimes et, si je pouvais recommencer ma vie depuis le début, je me consacrerais à la pathologie. Il doit être fascinant de voir étalé sur une table ce qu'on sent quotidiennement vivre à l'intérieur de soi. Quand nous dormons, le cœur est la seule chose qui soit vivante en nous. Il bat pour nous préserver, c'est ça, non ?

Oui, c'est probablement ça, dit Matveï Aleksandrovitch.

Je vous admire, Matveï.

Pourquoi est-ce que vous m'admirez, très chère ?

Je vous admire parce que vous ne questionnez pas la vie – notre vie ici. Vous chantez en toute sincérité les chants du Parti, vous restez fidèle en toute sincérité à la grande idée.

Ce n'est pas votre cas ?

Je peux répondre honnêtement à cette question ?

De quoi est-ce que vous avez peur ?

Je crains tant de choses, je pourrais écrire tout un dictionnaire de la peur. Les peurs se mêlent les unes aux autres et forment une épouvante généralisée.

Voilà que vous exagérez, chère Maria Nikolaïevna.

Peut-être un peu, mais je ne suis pas du genre à m'imposer. Je fais de petits pas. C'est peut-être une erreur, mais j'ai toujours procédé comme ça.

Ce n'est certainement pas une erreur.

Je pèse mes pas. Ça me permet de maîtriser mes peurs. Je vous donne un exemple : lorsque j'étais enceinte de ma fille, je savais que je l'élèverais seule. J'aurais évidemment pu envoyer tout de suite le père dans le désert où il a finalement atterri, cependant j'ai attendu et j'avais vu juste. L'intuition est une chose, mais en fin de compte c'est le destin qui décide. Riez si vous voulez, moi je crois au destin. Voilà pourquoi dans le fond je ne m'en fais pas, je sais que je ne pourrai rien changer, les choses se passeront comme elles doivent se passer. Je suis de ceux qui préfèrent écouter plutôt que parler. Il m'arrive d'être étonnée en voyant à quel point les gens exposent leur intimité, je trouverais ça embarrassant.

Tout à fait, ça m'embarrasserait aussi. Mais cette histoire de destin…

Vous savez, Matveï Aleksandrovitch, ce n'est pas que je sois malheureuse. C'est juste que je ne suis pas heureuse. En même temps, bien sûr, je me demande si je l'ai jamais été – heureuse, je veux dire, ou si j'ai toujours simplement cru être heureuse alors que je ne l'étais pas, parce que je ne connaissais pas le sentiment de vrai bonheur ou que j'avais pris ce sentiment pour un autre, vous comprenez ?

Bien sûr.

Et parfois je me dis que je suis ingrate, poursuivit Maria Nikolaïevna, et que je vais attirer le malheur en ne voyant pas le bonheur dans lequel je vis, vous comprenez ? Il y a des moments, le matin, où je me réveille en pensant, quelle vie. Maria Nikolaïevna s'interrompit. Matveï, mais vous êtes tout pâle. Qu'est-ce qui vous arrive ? Je vais ouvrir une fenêtre. C'est strictement interdit, mais nous ferons une exception. Elle déverrouilla un des lourds battants et l'ouvrit. Vous m'inquiétez, Matveï Aleksandrovitch. Vous devriez peut-être consulter un médecin.

Non, il se peut que je sois plus ébranlé que je ne me l'autorise.

Ébranlé ? Pourquoi ça ? Maria Nikolaïevna regarda l'heure et poussa un petit cri. Comme le temps passe avec vous, Matveï, il faut que j'aille dans la salle suivante. Vous m'accompagnez ?

Je ne préfère pas, le brusque changement de temps semble me jouer un mauvais tour.

Maria Nikolaïevna referma la fenêtre. Je vous ai ennuyé avec mes bavardages.

Absolument pas. Vous avez une manière fascinante d'osciller entre l'enthousiasme et la mélancolie. Je suis très heureux de pouvoir parler avec vous, aujourd'hui –

Me voilà soulagée, Matveï. C'est cet endroit qui me plonge parfois dans des états étranges. Tous ces objets sont comme des pensées arrêtées, le temps s'écoule autrement ici.

C'est vrai.

Maria Nikolaïevna s'approcha de Matveï Aleksandrovitch et lui tapota la poitrine. Qu'est-ce que vous avez là, c'est une tache de sang ?

J'ai saigné du nez.

Vous devriez vraiment aller chez le médecin. Vous n'avez pas oublié, j'espère, que, ce soir, il y a un concert chez nous, dans la cuisine ?

Ce n'est pas bien.

Voyons, Matveï, ne réagissez pas comme ça. Le *kvartirnik* était prévu de longue date et il faut bien que quelqu'un joue autre chose que la marche funèbre. Nous devons soutenir les ambitions musicales des jeunes gens, vous ne trouvez pas ?

Absolument pas. Ce n'est pas de la musique. C'est mal.

Maria Nikolaïevna éclata de rire. Vous êtes trop drôle. Qu'est-ce qu'il y a de mal là-dedans ? Vous vous souvenez de votre jeunesse ?

Je ne préfère pas.

Vous avez raison. Nous n'avons pas eu une bonne jeunesse. D'un autre côté, la jeunesse est toujours belle. Nous avons embrassé, et nous avons dansé, et tout paraissait possible. L'avenir avait le temps.

Non, je ne me souviens pas.

C'est très dommage. Moi, je me souviens. Et maintenant, partez, Matveï, et reposez-vous.

11

Varvara Mikhaïlovna sortit sur le pas de la porte et prit une profonde inspiration. Les futurs pères patientaient devant l'entrée de la maternité, la cigarette dans une main, des œillets enveloppés de cellophane dans l'autre. Si tout se passait bien, on leur mettrait bientôt dans les bras un nourrisson aux joues rouges, étroitement emmailloté. Un des pères lui jeta un regard implorant, Varvara lui fit un signe de tête et retourna à l'intérieur.

Au service des admissions, quatre femmes enceintes faisaient les cent pas en se dandinant, elles se tenaient le ventre et lorgnaient le ciel en quête de délivrance. Varvara Mikhaïlovna les considéra avec attention, en prit une par le bras. Viens, c'est pour bientôt.

On m'a dit qu'il fallait que j'attende, que les salles étaient toutes occupées.

Tu vas accoucher très bientôt. Comment tu t'appelles ?

Anita.

Quel âge tu as ?

Dix-huit ans.

C'est ton premier enfant ?

Oui.

Tu es mariée ?

Bien sûr.

Et comment s'appellera ton enfant, Anita ?

Gabriel, peut-être.

Bien, Gabriel. Un joli nom. Et maintenant, viens.

Gabriel – comme l'ange.

Comme l'ange, oui, j'avais compris. Si c'est un garçon, pourquoi pas un prénom d'ange. Assieds-toi sur ce banc, Anita, je reviens tout de suite. Varvara Mikhaïlovna aidait à mettre des enfants au monde dans cette clinique depuis presque trente ans ; à présent, ce n'était plus que par intérim, et cela aussi ne tarderait pas à prendre fin. Et ensuite, qu'y aurait-il ? La liberté, très chère. C'est sur ces mots que le médecin chef, Fiodor Robertovitch, lui avait officiellement fait ses adieux un an plus tôt, il lui avait fourré un bouquet dans les mains ainsi qu'un portrait d'elle avec des triplés dans les bras placé dans un cadre doré.

Varvara Mikhaïlovna ouvrit la porte de la salle des infirmières et se retrouva devant deux sages-femmes qui fumaient et bavardaient. Personne n'a donc remarqué qu'une des femmes était près d'accoucher, demanda Varvara Mikhaïlovna, qu'elle est très jeune et a le visage jaune ? Non, on n'avait rien remarqué de tel, mais c'était une chance que Varvara Mikhaïlovna soit là, bien que cela ne fût pas nécessaire, car l'équipe était au complet, personne n'était malade ou en congé, on gardait un œil sur les femmes qui se trouvaient dehors et si l'une d'elles était jaune, c'était sûrement parce qu'elle était complètement ivre.

N'importe quoi.

Varvara Mikhaïlovna trouva Anita gisant sur le sol dans une flaque. La pauvre petite s'était évanouie de peur en perdant les eaux. Varvara la secoua et l'aida à se relever.

Dans la salle numéro 2, on était en train de couper le cordon ombilical d'un nouveau-né, Qu'on se dépêche, dit Varvara Mikhaïlovna en entrant, c'est urgent. L'infirmière aida la toute nouvelle mère à se lever, le médecin prit le nourrisson et ils sortirent.

Varvara Mikhaïlovna essuya les traces laissées par l'accouchement sur le matelas imperméable. Anita regarda le chiffon ensanglanté avec de grands yeux. Ne fais pas tant de chichis, ma fille, tu es ici pour accoucher, pas pour manger.

Elle aida Anita à se déshabiller, lui tendit une blouse de patiente, alla chercher de l'eau chaude et des serviettes propres dans la pièce adjacente. Lorsqu'elle revint, Anita, tremblante, était accroupie sous la table d'accouchement.

Sors de là, pourquoi tu te défiles, affronte tes douleurs, tu es une femme.

Anita hurla et Varvara Mikhaïlovna la tira hors de sa cachette. Je vais t'aider, mais arrête de me frapper.

Une infirmière fit son apparition à la porte avec une autre femme enceinte. Vous pourriez faire vite, Varvara Mikhaïlovna ?

Ce ne sera pas long, répliqua Varvara.

Il faut que je chie, beugla Anita en arrachant sa blouse. Je vais mourir ! Je ne peux plus, merde, aidez-moi !

C'est bien, voilà, expulse-le.

Le médecin glissa la tête par la porte, tout se passait-il comme il fallait, il avait besoin d'une pause.

Varvara sentit la tête du bébé et, un instant plus tard, elle tenait le petit Gabriel dans ses bras. Anita regarda son enfant avec surprise, elle ne pouvait croire que cette créature était sortie d'elle.

Varvara lava le nourrisson et conduisit la mère et l'enfant dans la salle où se trouvaient les autres femmes.

Alors, ce n'était pas si terrible, hein ?

Ce n'était pas si terrible.

Un beau garçon, n'est-ce pas ?

Un beau garçon.

Et ce regard malin qu'il porte déjà sur le monde.

Oui, ce regard malin qu'il porte sur le monde.

Arrête de répéter tout ce que je dis.

Maintenant je l'ai, hein ?

Oui, maintenant, tu as un fils.

Pour toujours, n'est-ce pas ?

En tout cas, tant que vous serez là.

Anita tourna la tête sur le côté. Vous voulez avoir Gabriel ?

J'en ai entendu beaucoup, mais ça c'est bien la première fois. Voilà une proposition très étrange, Sonia.

Je m'appelle Anita.

Bien sûr.

Vous pouvez l'avoir.

Qu'est-ce que tu racontes.

Vous le prenez ? Vous prenez Gabriel ?

Écoute, Anita, en tant que citoyenne de notre pays, tu as le devoir de t'occuper de ton enfant. Si tu ne veux pas rester avec ton mari, alors va dans un foyer. C'est une possibilité, ce n'est pas une catastrophe. Ce qui serait une catastrophe, c'est que tu n'assumes pas tes responsabilités. Varvara se leva. Dans l'immédiat, vous êtes tous les deux entre de bonnes mains, ici. Je vais emmener ton Gabriel auprès des autres enfants et toi, tu vas commencer par dormir un bon coup.

Qui est Sonia ?

C'était une amie. Tu lui ressembles un peu. Je ne sais pas ce qu'elle est devenue ni si elle est toujours vivante. Elle aura eu une vie – comme nous tous.

12

Sur le sol gisait une paillette dorée qui scintillait devant elle. Maria se pencha et la ramassa au bout de son doigt. On trouvait sûrement ce genre de minuscule plaquette en plastique ou en métal dans les toilettes pour dames de certains restaurants, au théâtre, sur la rive de la Moskova. Mais pourquoi ici ? Maria déposa la paillette sur sa langue, elle avait de l'or dans la bouche.

Matveï lui demeurait totalement énigmatique, pourtant ils vivaient sous le même toit depuis de nombreuses années. Elle ne comprenait pas que quelqu'un qui occupait une position aussi élevée et avait certainement droit à un logement individuel pût vivre de son plein gré et par conviction dans une kommunalka. Ses costumes étaient d'une coupe si irréprochable qu'on aurait pu le prendre pour un étranger s'il n'avait porté diverses décorations au revers de sa veste. Il devait être membre du Parti, mais elle n'en était pas certaine. Il valait mieux ne pas en parler. D'ailleurs, il valait mieux ne pas parler autant. Cependant c'était si agréable de bavarder avec Matveï. C'était un homme à la conversation cultivée. Maria Nikolaïevna se pinça le lobe de l'oreille. Elle aimait les traits bien marqués, un peu hautains, de Matveï, ses sourcils sombres, qu'il haussait légèrement lorsqu'il écoutait ou réfléchissait. Il avait paru complètement bouleversé, comme s'il lui était arrivé quelque chose. Heureusement qu'elle n'avait pas posé de questions. Maintes choses ne devenaient dangereuses qu'une fois formulées.

Maria Nikolaïevna termina sa ronde en revenant dans la salle de l'élan et des lemmings. Le deuxième visiteur de la journée fit son apparition. Il jeta un regard autour de lui comme s'il cherchait quelque chose. Avant qu'elle ait pu lui proposer son aide, il s'était lui aussi tourné vers les putois qui nageaient dans la vitrine d'exposition et il sortit un crayon et un carnet. Avait-il beaucoup d'amis ou était-ce un solitaire ? C'était quelqu'un qui avait deux amis proches, décida Maria, il ne cherchait pas à s'imposer et évitait les chamailleries. Elle le prénomma Pierre. Dès le lycée, les filles l'avaient idolâtré à distance respectueuse, car elles soupçonnaient sa timidité de cacher un secret dont lui-même n'avait pas conscience. Pierre, le Taciturne. À la fin de sa scolarité, après une période difficile à l'armée et des années malheureuses à exercer le métier d'ajusteur mécanicien, il avait commencé à écrire des romans. Les débuts avaient été laborieux, mais son premier livre avait remporté un succès d'estime et la *Komsomolskaïa Pravda* avait écrit de son deuxième roman qu'il constituait un événement dans l'évolution de la littérature soviétique. À présent, il travaillait à un troisième roman. Celui-ci parlait d'une femme qui, jour après jour, faisait de la surveillance dans un musée d'Histoire naturelle et d'Ethnographie.

Maria fut submergée par un sentiment de tendresse exubérant, un peu inapproprié. Elle ôta la paillette de sa bouche et la déposa sur le revers de sa main.

Pierre lui fit un signe de tête et sortit.

Maria termina sa journée de travail à l'heure prescrite. Une file s'était formée devant l'épicerie située au coin de la rue Gorki. Maria ignorait ce qui se trouvait au début de la file, éponges, flocons d'avoine, poisson fumé ? Elle se plaça au bout de la queue, peut-être que cela en valait la peine.

Vous êtes le dernier ?

L'homme acquiesça. Au bout d'un moment, il lâcha un juron, ce froid commençait à bien faire.

Que voulez-vous, on est en mars, répondit Maria plus pour elle-même. Elle repoussa son bonnet, la laine lui grattait le front.

L'homme se tourna vers elle. Mars, oui, glacial, siffla-t-il entre ses dents. Il reprit sa position initiale. Mais Maria était en humeur de papotage et, comme il allait falloir patienter un long moment, elle demanda : Qu'est-ce qui nous attend à votre avis ?

L'homme se mit à rire. Vous ne le savez pas ? Au début de cette file nous attendent de délicieuses petites saucisses roses et luisantes de Cracovie, et si nous jouons de malchance, ce sera le rien. Dans l'intervalle, la possibilité nous est donnée de soupeser si nous avons réellement besoin de ce pour quoi nous faisons la queue.

Maria glissa une main dans son sac et palpa le tissu frais de son nouveau chemisier. Le jaune lui allait-il vraiment ? À l'arrêt situé sur le trottoir d'en face, on hissait un tapis dans le bus 17.

Je reviens dans trois minutes, dit la femme qui s'était rangée dans la file derrière Maria.

Maria acquiesça. Elle porterait le chemisier ce soir, pour le concert.

Je peux vous demander de surveiller ? Je ne veux pas perdre ma place.

Au fait, vous savez ce qu'il y a devant ? La femme répondit par la négative et s'éloigna en hâte.

Maria sortit son livre de son sac et lut comment Dantès était parvenu à se glisser en cachette dans un linceul, puis avait été jeté à la mer par-dessus les murs de la forteresse et sauvé par un bateau de contrebandiers. Elle avait lu une première fois *Le Comte de Monte-Cristo* dans son enfance et était de nouveau captivée. *[Mais] pour une douleur lente, profonde, infinie, éternelle, je rendrais, s'il était possible, une douleur pareille à celle qu'on m'aurait faite.*

Me revoilà, dit la femme, un peu essoufflée. Je me suis dépêchée.

13

Il n'y avait pas de place assise, Varvara Mikhaïlovna se fraya un chemin vers la fenêtre à travers la foule du bus 17.

À l'angle de la rue Gorki, elle aperçut sa fille qui faisait la queue devant l'épicerie. Elle voulut descendre, la rejoindre, Qu'est-ce que tu fais ici, quelle coïncidence, mais elle se ravisa, elles se reverraient bien assez tôt à la maison.

À l'avant, il y avait de l'agitation, quelqu'un voulait monter avec un grand tapis, une partie de l'énorme rouleau se dressait dans le bus, l'autre extrémité gisait sur le trottoir, et entre les deux allait et venait un homme énervé. On discutait, ça n'avançait pas.

Qu'est-ce qui vous prend de vouloir transporter un tapis de cette taille dans un bus public ? lança Varvara Mikhaïlovna dans sa direction.

C'est à moi que vous parlez ? cria l'homme au tapis.

Exactement, à vous.

Je n'ai pas compris votre question. Vous pourriez répéter la question, je vous prie ?

Très volontiers. Elle répéta la question et ajouta : C'est contre le règlement !

Je vois les choses autrement, madame, intervint quelqu'un, pourquoi ce monsieur n'aurait-il pas le droit de transporter son tapis ?

Quand allons-nous enfin repartir ? cria Varvara Mikhaïlovna, et d'autres voyageurs lui firent chorus.

Elle tourna de nouveau le regard vers la fenêtre et observa sa fille. Elle était à son avantage, ce jour-là, son manteau tombait avec élégance. Maria avait peut-être fait reprendre la doublure, parfois il suffisait de deux centimètres. À présent, elle parlait avec l'individu qui la précédait dans la file. Ils devaient plaisanter, car elle rit et ouvrit grand la bouche comme si elle voulait dévorer le pauvre homme. Puis elle rajusta son bonnet avec coquetterie. Varvara le lui avait offert pour son anniversaire. Cette manie qu'avait Maria de toujours s'imposer. Le garçon avait sûrement quinze ans de moins qu'elle. Elle ferait mieux de s'en tenir à Matveï Aleksandrovitch. Varvara avait bien évidemment remarqué la façon dont Matveï regardait sa fille, et si Maria n'était pas d'une indolence sans bornes, elle pourrait voir en lui un bon parti. C'était un être doté de principes et de sentiments profonds, Varvara en était certaine. Et comme dans ce pays on ne trouvait plus guère d'hommes qui ne se soûlaient pas à mort ou ne claironnaient pas leurs pensées simplistes, Matveï pouvait passer pour une perle rare. Mais qu'est-ce qu'une perle irait faire avec un caillou ? À l'époque, Maria aurait bien évidemment dû rejoindre son époux volage chez les rennes. À sa place, Varvara serait montée dans le premier train, aurait pris son infidèle par la main et l'aurait ramené à la maison afin qu'il s'occupe, sinon de sa femme, au moins de sa fille. Maria avait préféré lui laisser sa liberté. Mais il n'y avait pas de liberté, comment se faisait-il que personne ne l'ait encore compris.

Varvara ouvrit le premier bouton de son manteau et desserra son écharpe. Elle ne voulait pas porter ainsi de jugement sur sa fille. Il lui était douloureux de penser en ces termes. Et elle en éprouva de la colère contre Maria. Cet éternel dénuement. Varvara s'était efforcée de tenir Maria à l'écart de toutes les contrariétés. Peut-être était-ce là le problème. Maria n'avait pas appris à se battre, à assumer quoi que ce soit.

Varvara se plaqua contre la vitre pendant que de nombreuses mains faisaient glisser l'extrémité du tapis par-dessus les têtes.

Le jeune homme s'était détourné de Maria et, soudain, Maria leva les yeux et regarda dans la direction de Varvara. Elle fixait Varvara bien en face, à ce qu'il semblait du moins, Maria sourit. Le bus repartit.

Varvara descendit à la station « Parc municipal ». Elle y était si souvent allée avec son Kolia. Ils s'asseyaient sur le banc et bavardaient. Le vendredi, on dansait dans l'orangerie. Un matin, alors qu'il partait travailler, le baiser de Varvara encore sur les lèvres, il était tombé, comme ça, à quelques mètres de la maison, sur le ventre, la tête sur les pavés. Et la voisine, qui l'avait trouvé parce qu'elle avait oublié son porte-monnaie et qu'elle avait fait demi-tour, la voisine avait sonné, ce qui avait agacé Varvara, car elle venait de mettre le café sur le feu. Elle était allée ouvrir, et la voisine était là, pâle comme un fantôme, et Varvara s'était dit, Seigneur, qu'est-ce qui lui est arrivé, un problème avec sa fille, telle avait été sa première pensée, car la fille de la voisine buvait beaucoup et jusqu'à plus soif, et cela n'aurait pas été la première fois qu'elle recevait de mauvaises nouvelles concernant sa fille. Mais il ne s'agissait pas de la fille. Ton Kolia est étendu par terre et ne respire plus, avait soufflé la voisine, et Varvara avait dit : Qu'est-ce que tu racontes. Varvara avait fermé la porte et s'était rassise dans la cuisine afin de boire son café. Elle avait bu le café avec du lait et du sucre, peut-être aussi avait-elle mangé un kringel, seule sa main tremblait légèrement.

Sa vie durant, Varvara Mikhaïlovna s'était exercée à chasser de ses pensées les menaces de tous ordres. En même temps, elle savait qu'elle ne serait pas épargnée, pourquoi devrais-je être épargnée ? Le malheur viendrait. Avec la mort de Kolia, le malheur était venu, et elle était assise dans la cuisine, les mains tremblantes, à boire son café, et la voisine, qui avait tambouriné contre la porte, avait fini par courir chez elle et appeler l'ambulance, qui était arrivée rapidement et à grand bruit, elle l'avait entendue. Varvara Mikhaïlovna savait que si elle se levait, si elle mettait son manteau et descendait en ascenseur, il n'y aurait plus d'échappatoire et la vie telle qu'elle avait été, telle qu'elle l'avait aimée avec toutes ses contrariétés, s'achèverait. Alors elle avait allumé la radio, rincé sa tasse et écouté la voix du speaker, qui annonçait joyeusement que l'hiver faisait ses adieux et que le printemps, ce week-end-là, apporterait beaucoup de soleil avec des températures encore basses. Elle savait que si elle descendait en ascenseur, c'en serait fait de leur projet de retourner enfin à la datcha à la fin de la semaine dans le but de la remettre en état pour le printemps et l'été. Cette année, avait dit Kolia, on va peindre le grenier.

Arrêt cardiaque, tel avait été le diagnostic. Trois mois plus tard, on l'avait informée que son Kolia avait eu des ambitions dissidentes.

Elle avait été convoquée. Elle avait été interrogée. Une fois, deux fois, puis toutes les semaines. Toujours à neuf heures. Et elle, toujours habillée avec soin et toujours ponctuelle, en face du fonctionnaire. Il craquait des graines de tournesol. Il prenait les graines entre le pouce et l'index, les glissait entre ses dents et les craquait. Varvara voyait la pointe de sa langue derrière la rangée des dents du bas, l'alliance mince à son doigt. Avec ses deux pièces, votre appartement est bien trop grand pour une veuve de dissident qui vit seule, cet appartement n'est plus à vous.

Elle avait appelé Maria et dit qu'elle était obligée de quitter son appartement. Qu'elle allait sans doute devoir emménager dans une kommunalka à la périphérie de la ville. Tu logeras chez nous, ça va de soi, avait répondu Maria après un long silence, on arrivera bien à s'arranger. Varvara la voyait en pensée fermer les yeux en disant ces mots.

Varvara n'avait pas beaucoup de bagages. Elle avait dû vendre les meubles coûteux qu'elle avait achetés avec Kolia. Elle disait à chaque acquéreur : Quand viendront des temps meilleurs, je voudrais ravoir ma commode, ma fausse cheminée, mon fauteuil, compris ? Les acquéreurs le comprenaient comme une plaisanterie et répliquaient : Oui, nous espérons tous en des temps meilleurs.

Maria avait vidé un côté de son armoire, et Varvara s'était installée. Maria, son mari, Boris, et la petite Ianka dormaient ensemble dans le grand lit, et Varvara s'était vu attribuer le canapé. Elle avait l'habitude d'éteindre la lumière à dix heures et ne supportait pas que Maria laisse sa lampe de chevet allumée pour pouvoir lire la nuit. Une querelle qui se renouvelait chaque soir.

Boris s'intégrait moins bien dans cette vie commune. Il avait les idées les plus bizarres, parfois il prenait son matelas de camping et le déroulait dans le couloir, il le faisait en produisant un boucan du diable, ce qui provoquait les pleurs de Maria. Ou il prenait ses aises dans la baignoire. Souvent, Varvara les trouvait, Maria et lui, le matin dans la cuisine ; ensevelis sous plusieurs couvertures, ils reposaient dans les bras l'un de l'autre sous leur table.

Arrête un peu, dirais-tu, Kolia. Mais comment arrêterais-je un peu ? Tu me contredisais toujours, et c'était une bonne chose. À présent, plus personne ne me contredit. Si, Ianka me contredit. C'est une fille futée et en colère. Varvara Mikhaïlovna reçut une petite branche sur la tête. Je comprends ça comme un assentiment de ta part, Kolia.

En quittant le parc, elle se rendit dans une cabine téléphonique. Elle sortit un miroir et du rouge à lèvres de son sac à main et se remaquilla. La couleur lui parut un brin trop sombre, ce qui tenait peut-être au fait que le ciel s'était couvert après le temps ensoleillé du matin. Elle tapota ses lèvres de son annulaire pour en ôter un peu de fard. Elle composa le numéro et attendit. Une voix d'homme répondit. Allô ?

C'est moi.

Je suis heureux d'entendre votre voix. Vous vous languissez de moi, Varenka ?

Je vous avais pourtant prié de ne pas m'appeler Varenka.

Je vous attends, Varvara Mikhaïlovna.

Vous allez devoir encore patienter un petit moment. Varvara reposa le combiné et sortit de la cabine. Dehors, elle claqua des mains, promena le regard autour d'elle et dit : Bon.

14

Dans la vitrine de *Musik der Nationen* étaient exposés un glockenspiel pour enfants, une trompette sur un coussin vert et une pile de partitions déployées en éventail. La guitare n'était pas là. Pavel avait dû passer, l'acheter et repartir pour aller chez elle. Pavel avait tenu parole. Ils avaient dû se manquer de peu.

De la grappe de gens massés devant l'épicerie se détacha une silhouette ressemblant à sa mère ; plongée dans ses pensées, elle déambulait comme si elle s'était retrouvée là par hasard. Que faisait-elle à se promener ici ? Elle savait pourtant que la crèche n'allait pas tarder à fermer. Avait-elle promis ce matin de faire des courses pour le concert ? Avait-elle dit qu'elle ferait des courses avant d'aller chercher Krochka ? Peut-être aussi avait-elle dit qu'elle n'irait pas chercher Krochka. Qu'est-ce qu'elle avait dit, bon sang ? Ianka était incapable de s'en souvenir. La femme disparut au coin de la rue. Ianka voulut lui courir après, mais demeura où elle était.

En se rendant maintenant à la crèche, elle manquerait Pavel. Il fallait qu'elle trouve quelqu'un pour récupérer Krochka. Ianka partit au pas de course. La Liebermann et Matveï étaient à leur travail, les Karisen il n'en était pas question, mais peut-être que Kossolapy était là, peut-être qu'Hippolyte Ivanovitch était disponible.

Pavel n'était pas devant la porte et Kossolapy déclara qu'il attendait de la visite. Ianka était dans le couloir, encore tout essoufflée. Elle entendit un bruit dans la chambre de Matveï Aleksandrovitch. Elle frappa à la porte, il y eut un peu de remue-ménage, puis sa tête apparut, la chevelure en désordre.

Matveï Aleksandrovitch, quelle chance que vous soyez là, j'ai besoin de votre aide.

Matveï parut surpris. Mon aide ?

Vous pourriez me dire quand vous avez vu le professeur pour la dernière fois ?

Pourquoi tu veux savoir ça ? Il veut récupérer son livre ? Il est là, *Drames et comédies de Boulgakov*, un personnage fascinant, ce...

Le professeur s'est envolé.

Tu as frappé chez moi pour m'importuner avec ces sottises ?

Bien, à présent il l'écoutait. Elle expliqua le problème, la petite Krochka attendait qu'on vienne la chercher à la crèche, la grand-mère et l'arrière-grand-mère avaient toutes les deux un empêchement, et elle-même, pour un certain nombre de raisons, ne pouvait absolument pas bouger d'ici sous peine de conséquences fatales. La crèche n'était pas loin, Krochka serait ravie, et lui, ce bon Matveï Aleksandrovitch, il lui sauverait la vie, elle repasserait ses chemises jusqu'à la fin de ses jours et, dorénavant, libérerait la salle de bains en cinq minutes.

Matveï Aleksandrovitch n'eut pas besoin de réfléchir longtemps et se borna à un seul mot : non.

Ianka se rendit à la cuisine d'un pas lourd, brailla et se lamenta jusqu'à ce que Matveï la rejoigne et dise :

Seigneur, c'est écœurant, tu n'aurais jamais dû avoir cet enfant, il est puni à vie avec une mère telle que toi. Il mit de l'eau à chauffer, prit une coupelle en porcelaine vert clair et ouvrit le réfrigérateur pour en sortir un pot de confiture appartenant à Varvara dont il préleva quatre grandes cuillerées.

Ianka sortit en courant, revint avec la guitare dans les bras et se planta devant Matveï.

Elle est cassée.

Pietà à la guitare, dit Matveï Aleksandrovitch en faisant claquer ostensiblement la bouilloire, puis il lâcha incidemment : Ce concert ne doit pas avoir lieu.

Qui dit ça ?

Le comité.

Vous êtes le comité, maintenant ?

Si tu veux.

Ianka demeura un instant à fixer le vide, puis elle leva la tête et lui sourit. Matveï lui retourna un sourire méfiant, car il n'arrivait pas souvent que Ianka soit aimable avec lui. De toute façon, le concert n'aura pas lieu parce que je n'ai que cette guitare complètement fichue. Comme vous refusez de m'aider, il va falloir que j'aille chercher Krochka à la crèche. Entre-temps, un ami arrivera avec une nouvelle guitare, vous ne le laisserez pas entrer parce que vous ne laissez entrer personne. Il fichera le camp et de chagrin ira se saouler quelque part et, au lieu de devenir ingénieur et de façonner notre avenir, il finira mal.

Bon, j'en ai assez de tes histoires, dit Matveï en fermant le gaz bien que l'eau n'eût pas encore commencé à bouillir.

Vous voulez que je vous raconte une blague, Matveï ?

Non.

La nouvelle du jour : aujourd'hui, un secrétaire général a dû une fois de plus quitter son poste en raison de son état de santé et sans avoir repris connaissance. Son successeur devra satisfaire aux exigences suivantes : être en mesure de faire six pas sans s'aider d'une canne et avoir la capacité de dire trois mots sans…

Bon, d'accord, l'interrompit Matveï d'un ton pincé. Et comment tu sais que le camarade secrétaire général est mort ?

Hier, je les ai regardés démonter son portrait, rue Gorki. Et, aujourd'hui, quand je suis repassée, il était de nouveau là, un peu de travers, mais il était là. Je voudrais faire un pari avec vous, Matveï Aleksandrovitch, si demain nous allons vérifier, le portrait aura encore disparu.

Laisse-moi tranquille avec tes histoires à dormir debout. D'ailleurs, depuis quand est-ce que tu t'intéresses à la situation de notre pays ?

Je me demande si notre pays n'est pas tout bonnement en faillite.

Alors c'est ce que tu te demandes, toi qui ne connais ni ne comprends rien aux mystères de l'économie.

Vous portez en vous un virus dangereux, Matveï, le virus de l'arrogance.

D'ailleurs, on ne peut faire faillite économiquement que sur le marché. Chez nous, il n'y a pas de marché, d'accord ? Au fait, qu'est-ce que tu suçotes ?

Ianka sortit un noyau de cerise de sa bouche et le mit sous le nez de Matveï Aleksandrovitch.

Où est-ce que tu as trouvé des cerises ? Ça ne me regarde pas. Mais un arbre sortira de ta bouche. Cet ami à la guitare dont tu as parlé, qu'est-ce qu'il fait comme métier ?

Ianka remit le noyau dans sa bouche. Il est étudiant, il se débrouille comme il peut.

Au mot *étudiant* Ianka eut l'impression que Matveï devenait encore plus gris. Pourquoi vous êtes en rogne, Matveï Aleksandrovitch ?

Tu ne comprends rien.

Mais heureusement il y a de braves citoyens tels que vous qui peuvent tout m'expliquer. Par exemple, je me demande pourquoi vous êtes déjà là. Est-ce que vous céderiez à l'oisiveté ? Vous ne devriez pas être encore en train de travailler ? Ça m'intrigue et je crains de devoir le signaler.

Ah, petite, ça n'intéresserait personne. Je suis un individu sans intérêt.

Il n'y a pas d'individus sans intérêt, nous le savons par Evtouchenko : chaque destinée a – comme les planètes – une histoire.

Je vais me retirer, j'ai à faire. Sur ces mots, Matveï Aleksandrovitch se leva. Sur le seuil, il se retourna et désigna du menton la coupelle et la tasse de thé à laquelle il n'avait pas touché.

Débarrasse ça, petite.

15

Une fois dans sa chambre, Matveï Aleksandrovitch prit une grande gorgée d'une bouteille qu'il conservait derrière les coffrets. Dans le couloir, le téléphone sonna, mais il ne songea pas à se lever, à sortir et à décrocher. Qu'en avait-il à faire de tout cela ? Ianka n'était pas sa fille. À l'époque où Matveï s'était vu attribuer cette chambre dans la kommunalka, il avait beaucoup de projets. Il voulait se marier, avoir un enfant, être un bon communiste. Puis le jeune couple avait emménagé dans la pièce voisine, ce Boris – oh, comme cet individu lui avait été désagréable au premier regard – et Maria Nikolaïevna. Matveï l'avait reconnue aussitôt et avait ressenti un élancement violet sombre. La belle Maria et ce Boris semblaient s'entendre à merveille, ce qui ne pouvait tenir qu'à la bonté et à la générosité de celle-ci. Lorsqu'ils étaient dans la cuisine, Matveï les entendait glousser ou s'absorber dans des discussions qui lui déplaisaient souverainement. Maria Nikolaïevna bondissait de son siège toutes les deux minutes, étreignait passionnément le crâne anguleux de ce Boris et le couvrait de baisers au point que Matveï en frissonnait d'horreur.

Ce fut lorsque Varvara Mikhaïlovna emménagea dans la chambre du jeune couple et de la petite Ianka que Boris prit la tangente, ce dont Matveï ne put réellement lui tenir rigueur, tout fruste et simplet qu'il le jugeât. La nuit, il arrivait à Boris de frapper à sa porte pour lui demander asile. L'homme était désespéré.

Désespéré, dit Matveï à voix haute, et Gagarine tressaillit, mais au lieu de filer sous le lit, il sauta d'un bond sur les genoux de Matveï Aleksandrovitch et se mit à ronronner bruyamment. Matveï glissa ses mains sous le ventre de Gagarine, souleva légèrement l'animal et posa sa joue contre sa douce fourrure, massa ses pattes courtes et épaisses ainsi que l'aimait Gagarine. Ah, mon trésor, tout ce qu'on me demande.

Un stupide *kvartirnik*, des victimes au nom du progrès, en quoi cela le concernait-il. Personne ne se souviendrait d'un étudiant mort. L'incident de ce jour serait rangé dans la caisse à incidents. Où se trouvait la caisse à incidents ? Il se sentait pris au piège. Tout le monde s'était ligué contre lui, tout avait été soigneusement pensé et préparé afin de le confondre. Personne n'a dit : Vous êtes le coupable. Il n'y a de coupable que lorsqu'un crime est commis, or il n'y a pas eu de crime, c'était un accident, combien de fois devrai-je le répéter, l'étudiant n'a pas bien lu le formulaire, il a mal rempli le formulaire, il a passé sous silence le fait qu'il avait un problème cardiaque. Tout ça, c'est bien beau, mais le matériel était mal réglé, et ça, l'étudiant n'y pouvait rien, vrai ou faux ?

Matveï alluma la radio, et le présentateur annonça d'une voix posée la mort de Konstantin Oustinovitch Tchernenko. À présent, c'était officiel. Il était presque 17 heures, 13 h 57 heure de Moscou. Une histoire s'achevait, une autre commençait.

Chatouillé par les poils de Gagarine, Matveï éternua violemment, repoussa le matou sans douceur. Il prononça à haute et intelligible voix le mot « stratégie ». Puis une deuxième fois : stratégie. Ce serait une forme de stratégie que de reclasser les coffrets. Les sortir de leur emplacement habituel pour les ranger autrement avec un courage renouvelé.

Matveï étiqueta avec soin une nouvelle boîte en bois : *Être humain/Mots/Sentiments*. Puis il prit du papier et écrivit : J'aime les lacs, les fleuves, les mers, les fontaines, la pluie. Il plia la note, la déposa dans la boîte et plaça celle-ci sur l'étagère du haut, se ravisa et la glissa, deux étagères plus bas, entre *Le Parti* et *Prospérité*. Le coffret *Prospérité* était presque vide, il fallait y remédier. Quelle était l'odeur de la prospérité ? Y avait-il un lien entre la prospérité et une pomme Antonovka ?

Matveï Aleksandrovitch tira arbitrairement une autre boîte, elle portait l'étiquette *Datcha*. C'était une bonne boîte. Elle contenait une touffe d'herbes sèches sur laquelle reposait une fragile sauterelle. Le vert autrefois lumineux de son corps avait pâli. L'insecte venait du jardin de la datcha de Varvara Mikhaïlovna et de Maria Nikolaïevna, où Matveï rêvait régulièrement de retourner. Une fois, il y avait passé quelques jours, il avait réparé la clôture, aidé à récolter les pommes et en dehors de cela avait été oisif comme il avait rarement eu l'occasion de l'être. Quand il sortait de sa chambre, vers midi, il tombait sur les deux dames qui prenaient un deuxième petit déjeuner, plongées avec fièvre dans de menus différends. Lorsque Varvara Mikhaïlovna n'avait pas de tâche à lui confier, il contemplait le paysage ou bien il observait de gros coléoptères affairés à escalader des brins d'herbe. Ce qui l'étonnait particulièrement, c'était le sérieux avec lequel ces insectes allaient et venaient, montaient et descendaient, agissant comme si leur existence était elle aussi douée d'une signification profonde. D'ailleurs, c'était peut-être le cas, comment savoir ? Lorsqu'il retournait là-bas en pensée, les plus beaux moments étaient les promenades dans les prés avec Maria Nikolaïevna. Le visage tourné vers le soleil, elle marchait à son côté les bras ballants telle une écolière tout excitée, et elle parlait de ses soucis, avait tantôt cette idée-ci, tantôt cette idée-là, et elle les mouvait comme de petits nuages tantôt dans une direction, tantôt dans une autre.

Un peu plus tôt, au musée, Maria Nikolaïevna avait montré un teint frais comme si elle sortait tout juste de ce rêve, cela lui allait bien.

Il reprit le coffret étiqueté *Amour* et plongea le nez à l'intérieur.

Alors qu'il relevait les yeux et regardait par la fenêtre, il le vit. Le jeune homme faisait précipitamment le tour de la statue de Lénine avec une grande valise. Épouvanté, Matveï baissa le regard et inspira derechef le parfum que renfermait la boîte, espérant que l'apparition aurait disparu quand il relèverait les yeux. Mais le jeune homme était toujours là, il traînait la valise, tournait autour du monument. À cette distance, on ne distinguait pas ses traits, cependant il n'y avait pas de doute. C'était le volontaire, c'était l'étudiant dont la vie avait été centrifugée hors de son corps au service de la science lors d'une rotation vertigineuse à 12 h 16.

Matveï se leva d'un coup, rajusta son col de chemise, remit le coffret sur l'étagère, prit manteau et chapeau et sortit de sa chambre.

Ianka ! cria-t-il, je sors chercher ton enfant, tu pourras rester ici à hurler à la lune sans être dérangée. Et, pour la deuxième fois en ce jour funeste, il quitta la maison. Il se dirigea tout d'abord vers le magasin *Kinderwelt*. Il n'y avait pas de chocolat. Il choisit un petit crocodile en caoutchouc. On ne trouve nulle part de chocolat, dit la vendeuse. Elle afficha une mine affligée et lui rendit la monnaie : Qu'est-ce que c'est que cette vie où il faut renoncer au chocolat ?

Matveï la scruta. Mais il ne faut pas renoncer, juste attendre patiemment qu'il y en ait à nouveau.

À la crèche, on avait déjà posé les chaises sur les tables et on rassemblait les miettes et les restes de nourriture. La petite Krochka, tout habillée pour sortir, était assise sur un banc à l'entrée. Matveï Aleksandrovitch se présenta comme un ami de la famille, mais la puéricultrice le considéra d'un œil sceptique. Tu connais cet homme ? demanda-t-elle à Krochka. Krochka ne réagit pas. La puéricultrice haussa les épaules et dit : Je ne peux pas vous remettre l'enfant, je vais devoir le signaler, la mère ne s'occupe pas d'elle, la grand-mère est dépassée, il n'y a pas de père, et j'ignore qui vous êtes. Matveï se déroba à son regard dur tout en remarquant les courbes gracieuses de sa silhouette. Il s'éclaircit la gorge, se pencha vers l'enfant et dit : Krochka, on se connaît pourtant, non ? Krochka acquiesça et lui fit un grand sourire, si adorable que Matveï fit couiner le crocodile en caoutchouc que sa main serrait dans sa poche. La puéricultrice parut s'adoucir et elle se pencha à son tour vers Krochka si bien que le renflement bleu ciel de son pull-over effleura la manche de Matveï. C'est bon, dit-elle. L'important, c'est que la petite s'en aille.

Devant la porte, Matveï donna le crocodile à Krochka, lui noua son bonnet de laine sous le menton, lui boutonna son manteau, puis ils se mirent en route.

Ne marche pas sur la pointe des pieds, petite, mets toute la plante par terre, exhorta-t-il Krochka, qui ne comprit pas ce qu'il voulait et lui adressa un regard interrogateur. C'est pour ton bien, poursuivit-il, si tu marches sans arrêt sur les orteils, tes pieds ne se développeront pas comme il faut, or peut-être que tu voudras devenir danseuse plus tard, et alors comment tu feras avec des pieds tordus ? D'ailleurs vivre sur des pieds déformés est déplorable. Et maintenant, nous avons une décision à prendre, est-ce qu'on rentre sur nos pieds tordus ou est-ce qu'on prend le 17 ? Je propose qu'on opte pour un retour pedibus.

Ce que les Américains avaient laissé de la Lune était bas dans le ciel de l'après-midi. Le froid s'était encore accru et, lorsque Matveï et Krochka franchirent une flaque, une fine couche de glace craqua sous leurs semelles. Ce faisant, Matveï grogna et il savoura le rire gargouillant de Krochka. Du coup, il répéta le jeu à chaque flaque.

Il choisit de passer par le parc. L'enfant à la main, il n'avançait que lentement. Mais elle mouvait ses courtes jambes sans broncher et, de temps à autre, levait le regard vers lui avec une expression qu'il ne savait comment interpréter. Sa petite main reposait chaude et humide dans la sienne. Il n'avait encore jamais tenu une main d'enfant et il se demandait s'il valait mieux presser la menotte ou, au contraire, ne surtout pas remuer les doigts. Il opta pour une pression légère et rythmée. Les cygnes reposaient sans rien faire sur la rive de l'étang et, bien que la glace fît déjà entendre un chant menaçant, quelques enfants plus âgés continuaient à tourner. On entendait la stridulation des patins à glace, et Matveï sentit battre son jeune cœur.

On porte tout en soi, Krochka, chaque paysage qu'on traverse. Matveï Aleksandrovitch se pencha vers elle et tira la langue.

À toi.

Krochka tira la langue à son tour. Son visage était tout proche, sa langue, petite et ronde comme celle d'un chat.

Allez, continuons. J'espère que tu n'as pas faim.

Il était gêné en face de l'enfant. Il réfléchit à ce qu'il pourrait lui raconter.

Tu veux entendre ce qui m'est arrivé quand j'étais jeune homme ? demanda-t-il en tapotant l'épaule de Krochka. Elle ne réagit pas, ne secoua la tête ni dans un sens ni dans l'autre. Bien, alors je vais te le raconter. Quand j'étais étudiant, j'avais un ami intime, je veux dire un ami avec qui je pouvais rire et pleurer. C'était un garçon très futé, qui suçait constamment des pastilles à la menthe. Il questionnait tout, même la pesanteur lui paraissait discutable et notre professeur de physique en était arrivé au point où lui-même n'ajoutait plus foi à ce qu'il racontait. La dernière année de nos études, mon ami a fait la connaissance d'une fille. Elle avait presque dix ans de moins que nous et il s'extasiait sur elle, sur son esprit, ses jambes, ses cheveux, sa peau, ses dents, ça finissait par être insupportable. Les filles ne m'intéressaient pas, elles m'étaient indifférentes. Il s'est passé plusieurs semaines avant que je ne la voie enfin. Que dire ? Tu connais la sensation qu'on a quand on s'y est mal pris pour mettre un masque à gaz ? C'est ça, je ne pouvais plus respirer. Tellement j'étais bouleversé. Matveï Aleksandrovitch s'aperçut que Krochka ne marchait plus à côté de lui. Il s'arrêta et attendit qu'elle l'ait rejoint. Notre rencontre était fortuite. Ils arrivaient en face de moi main dans la main, on s'est arrêtés face à face, mon ami me l'a présentée, j'avais la tête bourdonnante, je n'entendais rien de ce qu'il disait, je ne faisais que fixer la fille. C'était une coïncidence, un événement fortuit, un simple instant qui allait changer ma vie. Matveï ferma les yeux, posa ses mains sur sa tête et se souvint. Tu sais, Krochka, elle était maigre comme un clou, elle avait le nez pointu, mais son regard était profond, courageux, ouvert. Je ne savais pas qu'un être humain pouvait être aussi beau. J'ai bafouillé quelque chose sur le temps qu'il faisait, les examens imminents et j'ai pris la tangente, je me suis terré pendant plusieurs jours, je souffrais en secret, j'avais de la fièvre.

C'est peut-être ridicule que je me sois épris de cette fille. Je ne savais rien à son sujet. Mais je ne faisais que rêver d'elle : je sors du rang devant mes camarades et je jure solennellement d'aimer passionnément ma patrie. Elle n'a pas retiré son écharpe rouge. Sa peau blanche et l'écharpe rouge, dont la pointe reposait entre ses seins, comme ça, camarade.

Dis-moi, Krochka, tu as quel âge, au fait ? Elle lui montra trois doigts, puis dix. Tu sais, Krochka, dans mon désespoir j'avais commencé à écrire des poèmes. Je parlais de la liberté, de la nature et, bien sûr, de l'amour. Au bout de quelques jours, mon ami est venu me voir, il voulait savoir pourquoi je ne me montrais plus, si j'étais malade. J'ai répondu que non et invoqué l'approche de l'examen final, mais il ne m'a pas cru, il me pressait de questions et j'ai fini par lui avouer en larmes que durant les quelques minutes où j'avais vu son amie, j'étais tombé éperdument amoureux d'elle. Mon ami s'est montré compréhensif, m'a dit qu'il était heureux que je me sois confié à lui, que je n'étais pas responsable de la confusion de mes sentiments. J'étais si impressionné par sa compassion que je lui ai montré mes poèmes, car, en dépit de mes doutes, j'étais convaincu que le monde attendait ma poésie. Mon ami a été enthousiasmé, il voulait prendre son temps pour les lire et les a emportés. Par la suite, j'ai souvent essayé de me remémorer son expression parce que c'était la dernière fois que je devais le voir.

Quelques jours plus tard, j'ai été convoqué par le comité. On m'a informé que j'avais été radié pour écrits moralement subversifs, j'avais une demi-journée pour évacuer ma chambre au foyer des étudiants, il fallait que j'aille à Moscou, il y avait là-bas un chantier où je pourrais faire mes preuves au sein de la collectivité en travaillant de mes mains. On m'avait dénoncé. Tu sais ce que ça signifie, mon enfant ? Mon meilleur ami a dit que j'étais un méchant homme, que j'avais écrit des poèmes qui n'étaient pas en accord avec la grande idée.

J'ai rassemblé mes affaires et je suis parti pour Moscou. Camarades passagers, notre train est arrivé dans la capitale de notre patrie, Moscou, la Ville héroïque. Tel un chef de gare, Matveï cria : Ma patrie, mon Moscou, fiers et magnifiques ! Krochka cria avec enthousiasme : Mon Moscou, mon Moscou !

J'étais devant la porte ouverte du wagon, Tu vas sortir, oui, a beuglé un type qui avait dormi des nuits durant à côté de moi dans le couloir. Et je suis descendu, et il neigeait et les réverbères luisaient jaunes, et le vent blanc balayait les rues, et je me tenais sur le quai et je me demandais ce que je faisais là, ce que j'avais à faire je ne sais où.

Je vivais dans un baraquement minable et durant de nombreuses nuits je me suis interrogé : Y a-t-il quelque chose que tu n'as pas vu ? As-tu eu une mauvaise pensée ? Il y avait même des moments de gratitude. Tu te rends compte ? J'étais reconnaissant qu'on m'ait autorisé à expier le délit que j'avais commis et dont je ne savais même pas en quoi il consistait.

Une nuit, il y a eu une terrible tempête avec des éclairs, du tonnerre et de la grêle. Zeus était vraiment furieux. Matveï gonfla les joues et se frappa le torse de ses poings. Le jour ne s'était pas encore levé quand le contremaître a fait irruption dans le baraquement, j'ai oublié comment il s'appelait, mais je me souviens de ses cheveux roux et de son visage aimable. Ce matin-là, pourtant, il n'y avait pas trace d'amabilité chez lui, il aboyait si fort qu'au début nous n'avons pas compris ce qui se passait. Il est apparu que la tempête avait détruit une partie de l'atelier de production que nous construisions depuis des mois. Le vent avait cassé et emporté la membrure du toit comme s'il s'était agi d'allumettes. Et que crois-tu qu'il s'est passé ? Nous nous sommes sentis coupables. Nous ne pouvions pas réaliser les objectifs du plan, autrement dit nous avions mal travaillé, nous avions bâclé le boulot, nous avions échoué. Et tu sais le plus étrange ? Le contremaître n'a pas dit que c'était notre faute, non, c'est nous qui nous sommes sentis coupables, comme si c'était nous qui avions détruit le toit. Pas la tempête. Tu comprends ?

Un an plus tard, on m'a fait revenir. On s'était souvenu de mes excellents résultats durant mes études. Est-ce que vous travaillerez avec nous, m'a-t-on demandé, et j'ai dit oui. Les papiers qu'on m'a présentés, je les ai signés.

Matveï et Krochka se trouvaient devant la statue de Vladimir Ilitch Lénine, qui pointait l'index en direction du progrès, mais, ce jour-là, Matveï eut l'impression qu'il désignait un point éloigné dans le passé. C'est loin, tout ça. Mais si tu crois que pendant tout ce temps il s'est passé beaucoup de choses, tu te trompes. C'est comme si le temps s'était arrêté. Arrêt total dans toutes les directions. Jusqu'à aujourd'hui.

Papy Lénine, dit Krochka.

Exactement, mon enfant, papy Lénine, c'est bien ça. Tu es une petite fille très maligne. Tu as sans doute aussi déjà remarqué à quel point notre langue est riche. Tu l'apprendras. Chaque jour un nouveau mot, chaque jour le monde grandit. Mais bientôt tu optes pour certains mots et pour un ordre dans lequel les employer, et aussitôt tu es envahi par la crainte qu'il puisse s'agir des mauvais mots et du mauvais ordre. Et puis il y a plus terrible encore, tu te perds dans les mots et tu as l'impression que ta mémoire te lâche. Tu sais, petite Krochka, la négligence, voilà le mot auquel on devrait s'intéresser. Ma famille avait un potager derrière la maison, qui s'était transformé en un maquis de bourdaines et de sorbiers. Aujourd'hui encore, je rougis de honte de ne pas m'être occupé du jardin. Matveï Aleksandrovitch leva les yeux vers le ciel d'un air crispé comme s'il pouvait y trouver la réponse à la question de savoir pourquoi, dans sa jeunesse, il ne s'était pas occupé du potager.

Les deux vauriens qui s'étaient moqués de son saignement de nez quelques heures plus tôt marchaient d'un pas titubant sur l'allée de gravier. Fichez le camp, cria Matveï Aleksandrovitch en serrant plus fort la main de Krochka.

Et moi, je te dis que c'est lui, dit au passage l'un à l'autre.

16

Ianka ouvrit la fenêtre de la cuisine, il neigeait. Elle était nerveuse. Pour qui faisait-elle tout ce cirque ? Elle avait faim. Sur le fourneau des Karisen se trouvait une grande casserole avec du riz et du poulet. Elle en remplit un petit bol et passa la cuillère sur le reste pour lui redonner son aspect lisse. Le riz était délicieux, comme tout ce que cuisinaient les Karisen. Les premiers invités ne tarderaient pas. Il n'y avait aucun risque. Elle chanterait ses chansons. Et si on ne voulait pas les écouter – oui, et si personne ne venait ? Si B. G. ne venait pas ? Si personne d'autre que B. G. ne venait ?

On sonna à la porte. C'était Andreï, en compagnie de deux amies qui s'appelaient l'une et l'autre Sina, et d'un Sacha qui déclara être journaliste. Andreï lui avait dit, expliqua-t-il, que le célèbre B. G. avait annoncé sa présence, il ne voulait pas manquer cela.

On verra, dit Ianka. Un instant plus tôt, elle craignait qu'il n'y ait personne, à présent elle n'était pas contente qu'Andreï se soit pointé dans la cuisine avec des inconnus. Andreï serra Ianka dans ses bras. On n'a pas droit à un verre ?

Elle se dégagea, posa une bouteille de vodka sur la table, quatre verres, une assiette de cornichons au sel. Puis elle resta là, les bras croisés. L'une des Sina n'avait guère plus de seize ans, elle avait des jambes blanches insolentes dans son collant troué, l'autre jouait à l'intellectuelle, une moue dédaigneuse sur les lèvres, ce qui lui allait très bien.

Ianka, tu as mangé de l'amanite tue-mouches ou quoi ? Tu as l'air complètement psychédélique. Andreï rit de sa plaisanterie.

Et B. G. ? Il va venir ? s'enquit Sacha.

J'en sais rien, dit Ianka.

Au fait, on a apporté du café moulu.

Super. Je me casse, il faut que je revoie mes chansons une dernière fois.

Ianka, attends ! cria Andreï, Sacha veut te prendre en photo. Il écrira un truc sur toi.

Ianka le regarda d'un air moqueur. Dans la *Pravda* ?

J'écris parfois pour l'*Informierten Komsomolzen*, répondit Sacha un peu gêné. Mais je ne sais pas s'ils publieront un article sur un *kvartirnik*.

Bon, d'accord, dit Ianka. Elle prit la pose, rabattit ses cheveux en avant et s'efforça d'afficher un air d'ennui suprême pendant que Sacha faisait les réglages et prenait des photos.

Andreï s'était assis à la table avec les deux Sina et buvait. Maintenant, il faut que tu fasses l'interview. Sacha acquiesça docilement, sortit le carnet et le crayon, s'éclaircit la gorge.

Bon, alors, la musique a toujours été importante pour toi, hein ?

Oui.

Quel est le groupe qui t'a marquée ?

Y en a beaucoup.

Ianka, il faut que tu racontes quelque chose, intervint Andreï. J'écoutais les Sex Pistols avant même de savoir lire et écrire, un truc comme ça. Sacha ôta la bouteille de bière de ses lèvres et acquiesça énergiquement : Oui, il faut que tu dises un truc de ce genre, ça sonne bien.

D'où tu sors cette bière ? demanda Andreï.

Je l'ai apportée, tu en veux ? Il donna la bouteille à Andreï. Bon, question suivante : Comment tu choisis tes textes ? Comme Sacha la fixait d'un air rêveur, Ianka ne put s'empêcher de rire à la vue de ses oreilles décollées qui avaient l'air si vulnérables.

Andreï, vire-le, il est chiant.

Sacha, mais qu'est-ce qui t'arrive ? s'emporta Andreï. Tu ne peux pas poser des questions un tant soit peu intelligentes ? Vous me tuez, tous les deux ! Le journaliste pose des questions à la con, et l'artiste fait des réponses à la con. Allez, Sacha, question suivante.

C'est quoi ton rêve ?

Andreï se leva d'un bond et assena à Sacha une tape sur l'occiput. Imbécile, c'est quoi cette histoire de rêve ? Ils commencèrent à se chamailler, mais s'interrompirent brusquement et tendirent l'oreille. Du fin fond du couloir leur parvenait un son étiré. Qu'est-ce que c'est ?

Les Karisen, dit Ianka.

Satisfaits de la réponse, Andreï et Sacha se rassirent. En sortant, Ianka demanda : Tu as une idée d'où se trouve Pavel ?

Pavel, c'est ton problème.

On sonna de nouveau à la porte. Ce n'était pas Pavel, c'étaient Emi, Kostia et quelques autres amis d'Andreï. Ianka les envoya dans la cuisine. Ils auraient au moins pu enlever leurs chaussures dégueulasses. Elle regagna sa chambre et essayait derechef d'accorder sa guitare quand la porte s'ouvrit à la volée, Sacha jeta un regard autour de lui, vit le magnétophone et le prit. En sortant il dit : En attendant que tu chantes, on va écouter un peu de musique, ça te va ?

Prends. Prends tout. Là, il y a aussi des enregistrements de Viktor Tsoï, David Bowie, Grajdanskaïa Oborona, Swin, DK. Autre chose ?

Je suis désolé pour l'interview ratée.

Pas grave. La voilà, ton interview : De quoi vous vous souvenez, Ianka ? Laissez-moi réfléchir – je me souviens d'une vie que je n'ai jamais vécue et dont j'espère qu'elle est encore devant moi. Que ressentez-vous quand vous chantez devant un public ? C'est comme un rêve. Vous êtes vous-même sur scène ? Qu'est-ce que ça veut dire, moi-même. D'où vient la force destructrice de vos chansons ? Je puise ma créativité dans la destruction, je fais table rase de toute la merde sentimentale. Et l'amour ? Oui, il doit bien exister. Vous n'avez jamais été amoureuse ? Je suis tout le temps amoureuse, mais je n'aime pas être amoureuse. Pourquoi ? Pas le temps. Le monde est à vos pieds, tous attendent votre prochain disque. Accord final.

Je n'ai rien pu noter malheureusement, dit Sacha en désignant du menton le magnétophone qu'il tenait à deux mains devant son ventre.

Ferme la porte comme il faut, lui cria-t-elle.

On frappa de nouveau. Je déteste ça, cria Ianka en cognant contre le mur. Du carton, tout ça c'est du carton !

Sina, la petite, entra avec circonspection. C'est Andreï qui m'envoie. Il y a déjà dix personnes, il pense que tu pourrais commencer.

Dis à Andreï que j'arrive. Dis-lui qu'il y a encore quelques bouteilles dans la caisse qui se trouve sous la fenêtre. Et maintenant, fiche le camp.

Sina s'arrêta sur le seuil. Tu ne te sens pas bien ?

Je me sens en pleine forme.

Andreï a parlé de toi avec enthousiasme. Il a dit que tu étais unique.

Il a dit ça ? Au fait, comment tu le connais ?

On organise ensemble l'échange des peuples avec l'université.

C'est une blague ? Quels peuples ?

Chine, Érythrée, Botswana, Syrie.

Et Andreï, qu'est-ce qu'il fait exactement dans ce projet ?

Il conçoit des tracts. Il dessine si bien.

Andreï dessine si bien ?

Oui, il a dessiné des noix de coco communistes.

Ianka éclata de rire. Ça me plaît. Tu l'aimes bien, Andreï, hein ?

Sina acquiesça avec sérieux. Tu le connais bien ?

C'est une longue histoire.

Sina se risqua à faire deux pas dans la chambre. D'où tu le connais, Andreï ?

Dans le temps, on se retrouvait souvent au bord de la rivière, à un endroit où on se baigne. Un jour, Pavel l'a amené. Pavel a dit : Andreï est un chouette type, musicien comme moi, qu'il fallait que je fasse sa connaissance. Mais Andreï est resté planté là, il ne parlait à personne, il buvait, fumait, affichait un air blasé. Après coup, je me suis souvent demandé pourquoi Pavel tenait tant à ce que je le rencontre.

Et ensuite ?

Rien. Andreï a pris ma guitare et a chanté quelques chansons. Tout le monde était assis autour de lui et l'admirait. Mais Andreï est quelqu'un qui se fiche de la vie. Il pense : Je suis libre et vous ne l'êtes pas. Pigé ?

Sina battit en retraite. Quelques secondes plus tard, elle rouvrit la porte et dit : Tu veux voir un tour de magie ? Les yeux écarquillés, elle se dirigea vers Ianka en secouant les mains comme si elles étaient mouillées et, quand elle fut tout près, elle lui souffla dans la figure et fit apparaître une bille en verre derrière une de ses oreilles. Sina glissa la bille dans la poche de son jean et s'en alla.

Bravo ! cria Ianka.

Andreï lui avait demandé : Il y a un endroit où tu es chez toi ? Au lieu de répondre, Ianka l'avait prié de lui donner une cigarette et il lui avait tendu la sienne. Puis il s'était mis en marche sans prévenir, le long de la rivière, et elle était partie à sa suite, l'avait rattrapé et ils avaient continué côte à côte en silence. Il ne voulait même pas connaître son nom. À un moment donné, ne supportant plus ce silence, elle avait dit, Non : c'est en moi-même que je suis chez moi.

Lorsqu'ils revinrent de leur promenade, Pavel donna une autre bière à Andreï et l'attira à l'écart. Ils passèrent des heures assis sur un bout de bois flotté. Elle était jalouse. Andreï était si indépendant, si décontracté. Et Pavel était suspendu à ses lèvres.

Elle alla se baigner, se laissa dériver. Dans la froideur de l'eau vert sombre elle sentait sa peau ferme, son cœur battre à grands coups dans sa poitrine. Qui la toucherait, cette poitrine, quelle aventure l'attendait ? Sans savoir pourquoi elle éprouva un bonheur presque douloureux.

Elle nagea jusqu'à la berge, Pavel la porta hors de l'eau, elle était la reine, on lui fit la cour et on la nourrit de chachlik. Puis elle resta étendue dans l'herbe, le goût des oignons brûlés encore dans la bouche, les rayons de soleil tremblaient dans les branches. Quelqu'un joue au badminton avec moi ? Emi avait fumé on ne sait quoi et elle ne faisait que rire, elle trouvait tout drôle, même les boîtes de conserve rouillées que Kostia, tel un petit enfant, remplissait de sable pour ensuite les vider. Pavel expliquait le monde à Andreï et se borna à lever brièvement les yeux. Mais Andreï dit : Je joue avec toi. Sans un mot, elle lui tendit une raquette.

Andreï jouait bien, elle jouait mieux. Les services d'Andreï devenaient de plus en plus énergiques et agressifs, mais elle rattrapait toujours le volant. Pavel suivait le match avec un sourire de fierté comme si c'était grâce à lui qu'elle jouait aussi bien. La figure d'Andreï rougissait, il transpirait, et Ianka savait qu'il jouerait jusqu'à ce qu'elle déclare forfait. Mais elle ne déclarait pas forfait, elle courait, bondissait et expédiait le volant à travers l'aire de baignade avec un méchant sifflement. *Poc – Pfif – Poc – Pfif.* Finalement, Andreï abaissa sa raquette, réceptionna le volant de sa main libre et dit : Tu es trop forte pour moi. Il lâcha raquette et volant, se déshabilla et se précipita dans l'eau. Tous le suivirent des yeux, et Ianka fut certaine qu'il le savait. Pavel chercha son regard, mais elle se détourna. Alors il se dévêtit à son tour et suivit Andreï. Ianka but du schnaps et contempla les deux corps nus. Andreï et Pavel s'aspergeaient, un bateau passa au loin. Le schnaps brûlait.

Elle se leva et se dirigea vers le bosquet, s'étendit sur le sol moussu et écouta le chant des oiseaux et des grillons. Elle entonna elle aussi une chanson, mais celle-ci paraissait bruyante et sonnait faux. Elle ferma les yeux et rêva que le sommeil l'entourait déjà de son obscurité, elle rêva qu'elle était enlacée et enveloppée par une odeur de terre sèche estivale, d'absinthe et de pin, de vin et de cigarette, elle rêva de baisers. De baisers brûlants, froids, mouillés, insistants, pressants, gaspillés.

Lorsqu'elle rouvrit les yeux, la lune était un maigre croissant. Elle avait besoin de faire pipi, s'accroupit dans l'herbe haute, gloussa parce que ça piquait, parce que ça grondait dans sa tête et parce que Pavel ne l'avait pas vue. Il trébucha sur elle et poussa un cri d'effroi. Elle saisit le pantalon de Pavel et tira dessus. Si tu veux fuir, alors tu fuiras sans pantalon ! Pavel tomba et gigota, elle le chatouilla, ils rirent et se roulèrent dans le sable et les aiguilles de pin jusqu'à ce que la silhouette menaçante d'un ours gigantesque se découpe sur le ciel nocturne. Ils se relevèrent d'un bond, coururent, trébuchant sur des branches et des racines, s'arrêtèrent hors d'haleine. Ianka, tu es toujours là ? Pavel, tâtonnant dans l'obscurité, tourna sur lui-même, soudain seul dans la forêt, il la cherchait. Et Ianka, cachée derrière un arbre, devint une chouette hulotte, battit des ailes et cria, attendit le cœur battant. Arrête, Ianka. L'ours se transforma en Andreï, qui se tenait à quelques pas seulement dans la clairière, qui se tenait là, c'est tout, qui était beau, qui alluma une cigarette, l'allumette éclaira son visage quelques secondes. Personne ne disait rien, jusqu'à ce qu'Andreï commence à chanter tout doucement d'une voix haut perchée, pas de mots, rien que des sons qui se mêlaient au froissement des feuilles, au canon du vent et de l'eau. Andreï, chuchota Pavel, chuchota Ianka, Andreï. Pavel prit la main d'Andreï, l'attira à lui, et Ianka, un peu gênée, regarda les corps entrelacés, des bouches qui se cherchaient et se trouvaient, des mains errantes et immobiles.

Fut-ce la main de Pavel ou celle d'Andreï qui se saisit d'elle, de son bras, de ses cheveux, qui tiraílla, qui tira ? Son cou se tordit doucement, oui, c'était douloureux, mais la douleur était douce. Quelqu'un lui mordit l'épaule, quelqu'un souffla son haleine chaude dans sa nuque, quelqu'un lui attrapa les seins. Elle sentit l'arête coupante de la molaire brisée dans la bouche étrangère, le poids des corps. Quelqu'un lui maintint la bouche fermée. Elle essaya de rire dans la main, elle essaya de trouver cela drôle, car c'était excitant, ce martèlement, ces halètements, toutes ces aiguilles de pin qui s'enfonçaient dans sa peau et que, le lendemain, elle retrouverait sûrement partout.

Elle se leva dans la chaude lumière du matin, marcha en s'efforçant de garder l'équilibre sur le tronc d'un pin abattu, une longue droite, au moins trois cents verstes, une ligne entre ici et là-bas.

17

Perdue dans ses pensées, Maria Nikolaïevna prit du temps pour rentrer, elle fit le détour par le parc et imagina qu'elle se faisait confectionner un tailleur, une jupe étroite avec deux plis, une petite veste cintrée, de préférence rouge vif. Sa mère en serait fâchée. Cette couleur ne te va pas, tu as l'air d'une énorme cerise. Elle se voyait arriver dans ce tailleur à la prochaine réunion du personnel : J'ai besoin de vacances, mesdames et messieurs, j'aimerais aller en Abkhazie. Qui est pour, qui est contre ? Tous donneraient leur accord, elle partirait dès le mois suivant. Ianka devrait s'occuper elle-même de Krochka, tandis qu'elle flânerait sur la promenade en bord de mer et, le soir, jouerait aux dominos avec divers messieurs. Elle avait vu dans un magazine de mode qu'à présent on portait des turbans, elle en porterait un elle aussi. Chaque jour serait promesse de bonheur. Le matin, une omelette ; à midi, gâteau à la cafétéria et, le soir, vin et tango sous les palmiers.

Maria ne remarqua dans un premier temps que les silhouettes inégales dans les bourrasques de neige juste derrière la statue de Lénine, et ce n'est qu'en s'approchant qu'elle reconnut Krochka et Matveï. Un frisson glacé la traversa, était-elle censée récupérer l'enfant à la crèche en ce jour où Ianka donnait son concert ? Elle avait oublié Krochka. Accroupie sur le sol, l'enfant extirpait de petits cailloux des restes de neige sale et les disposait avec soin l'un à côté de l'autre.

Que faites-vous donc ici, Matveï Aleksandrovitch ? Krochka va s'enrhumer si vous continuez à traîner dehors avec elle à cette heure. Krochka, ne mets pas la terre dans ta bouche !

L'air coupable, Matveï prit l'enfant dans ses bras. On s'est bien amusés, hein, Krochka ? Il sortit un mouchoir pour lui essuyer le nez.

Papy Lénine, dit Krochka en tendant les mains vers Maria.

Pourquoi vous n'avez pas pris le bus ?

Je voulais épargner l'exiguïté et l'odeur à la petite Krochka. J'ai pensé que l'air frais lui ferait du bien.

Mais comment se fait-il que vous soyez ici avec elle ? Est-ce que je devrais être fâchée contre Ianka de ce qu'elle vous ait imposé la responsabilité de Krochka ?

Ne soyez pas fâchée, je vous prie, votre fille avait d'autres obligations.

Maria Nikolaïevna préféra ne pas demander quelles étaient les obligations qui avaient empêché Ianka d'aller chercher Krochka. À la place, elle demanda : Vous voulez une petite saucisse ? Matveï Aleksandrovitch accepta et la remercia. La bouche pleine, il demanda : Qu'est-ce que vous avez dans votre sac, il me paraît bien rempli ? Elle sortit le nouveau chemisier.

Avec ça vous serez renversante, chère Maria Nikolaïevna.

Merci, Matveï.

Tout Paris vous envierait.

Mais il ne faut pas que ma mère voie le chemisier.

Vous ne montrerez pas le nouveau chemisier à Varvara Mikhaïlovna ?

Non, je ne le ferai pas, parce que ma mère met mes vêtements en cachette.

Varvara Mikhaïlovna fait ce genre de chose ? Mais pourquoi ?

Elle pense que je ne m'en aperçois pas, mais je sens son odeur dans mes vêtements. C'est très désagréable. J'en viens à avoir peur d'acheter quelque chose de neuf.

Il ne faut pas que vous vous laissiez faire.

Je pourrais vous en raconter de belles sur ma mère, Matveï.

Peut-être pas aujourd'hui, dit-il à voix basse.

Bien, Matveï. Dans ce cas on va rentrer à la maison, qu'en pensez-vous ?

Oui, rentrons à la maison.

La neige s'était intensifiée, et Maria cligna des yeux. Neigera-t-il encore une fois pour de bon ? En fait, j'en ai assez de l'hiver, mais la neige nous replonge toujours dans l'enfance. Avec la luge en haut de la colline, Allez, vas-y, crient-ils tous. Mais je ne pouvais pas, je me cramponnais à ma luge, les lèvres serrées, les yeux rivés sur le gouffre blanc. Les autres enfants riaient et soufflaient quand ils remontaient, les joues rouges, pour se précipiter de nouveau dans la pente en piaillant. Et puis une poussée, et j'ai dégringolé. Quelques secondes plus tard, j'étais au pied de la colline, assise tremblante sur ma luge, et je me suis demandé si c'était ça le bonheur, et je me suis demandé si je voulais le répéter, ce bonheur, mais je suis simplement restée assise à savourer encore un moment le doux silence dans ma tête. Il y a une petite nouvelle de Tchekhov…

Oui, la neige, l'interrompit Matveï Aleksandrovitch en secouant la tête, songeur, vous en parlez de façon si saisissante. Pour en revenir à votre chère mère – nous pourrions prendre des mesures contre elle.

Que voulez-vous dire ? Maria Nikolaïevna s'arrêta et le regarda avec surprise.

Eh bien, Matveï Aleksandrovitch se racla la gorge, je connais certaines méthodes.

Quelles méthodes ?

Des méthodes efficaces pour traiter des faits et des informations d'une certaine nature.

Contre ma mère.

En effet.

L'atmosphère sentimentale, la proximité s'étaient brusquement dissipées, faisant place à un désagréable sentiment de malaise.

Vous voulez prendre des mesures contre ma mère ?

Ce pourrait être de minuscules mesures, elle les remarquerait à peine.

Vous auriez un exemple ?

Matveï Aleksandrovitch était si enthousiasmé par son idée qu'il ne remarqua pas l'étincelle de colère dans le regard de Maria Nikolaïevna. Un exemple, attendez.

J'attends, Matveï. Quelles mesures aimeriez-vous prendre contre ma vieille mère ?

Varvara Mikhaïlovna n'est pas si vieille que ça. Elle ne doit pas être beaucoup plus âgée que moi, ou serait-ce que vous me trouvez vieux ?

Ne changez pas de sujet. Quelles mesures voulez-vous prendre contre ma mère chérie ?

Il s'agirait de la classer, dans un fichier, par exemple. Imaginons que Varvara Mikhaïlovna se serve dans votre garde-robe. Nous rangerions cela sous la lettre *I* pour

Indiscrétion ou *O* pour *Odeur indésirable*. Mais Varvara Mikhaïlovna fait aussi un excellent bouillon de poule, ce que nous pourrions classer sous *A*, pour *Agréable*, *E* pour *Exquis* ou *Estomac bien rempli*. Nous pourrions plier Varvara Mikhaïlovna, réfléchit Matveï, comme une feuille de papier. Puis nous la rangerions dans un tiroir et, après un certain temps, nous aurions oublié dans quel tiroir nous avons mis votre chère mère.

Maria Nikolaïevna ne savait si elle devait éclater de rire ou assener une gifle retentissante à Matveï Aleksandrovitch. Elle resserra son étreinte sur la main de Krochka et accéléra le pas tout en murmurant : Vous n'avez pas honte, Matveï ?

Attendez ! cria Matveï en se mettant à courir à sa suite. Nous pourrions aussi brûler le petit papier ! Si vous voulez, je l'avalerai !

Maria Nikolaïevna s'arrêta, regarda Matveï bien en face et se mit à rire malgré elle. Vous voulez manger ma mère ?

Vous voyez, je vous ai fait rire, chère Maria, j'en suis si heureux. Si nous nous asseyions sur le banc ?

Cher Matveï, nous sommes dans une tempête de neige et vous voulez vous asseoir ?

J'ai très chaud. Vous avez froid ?

Non, mais l'enfant doit rentrer se coucher. Retournons à la maison.

Matveï Aleksandrovitch dut porter Krochka. Maria Nikolaïevna remarqua avec étonnement que la fillette mettait ses bras autour du cou de l'homme, et elle eut l'impression que leur destination n'était pas la kommunalka, mais un petit bout d'avenir.

Lorsqu'ils arrivèrent, Krochka s'était endormie dans les bras de Matveï. Ils entrèrent dans l'appartement et furent accueillis par de la fumée de cigarette et du bruit. L'entrée était pleine de monde, mais Ianka n'était pas là. Elle est dans sa chambre, dit quelqu'un qui poussait dans le couloir une grande toile représentant un paysage avec une rivière, elle est encore en train de répéter.

Dans ce cas, ne la dérangeons pas, dit Maria Nikolaïevna. Qu'en pensez-vous, Matveï, vous accepteriez de nous héberger une petite heure, Krochka et moi ? Pour le moment, il semblerait que nous soyons un peu sans domicile, car dans la cuisine il y a du bruit et de la fumée, et je crains que l'enfant ne s'effraie.

Matveï Aleksandrovitch parut ne pas très bien comprendre ce qu'elle lui voulait, car il la considéra les yeux plissés. Puis son visage s'éclaira. Bien sûr, entrez et excusez le désordre. Faites comme chez vous dans mon six mètres carrés et demi.

Pendant toutes ces années, Maria Nikolaïevna avait dû risquer tout au plus un regard dans cette pièce, mais elle n'avait jamais osé entrer. C'était une question de bienséance. Elle ne vit aucun désordre, au contraire, tout semblait avoir sa place, tout était poli et astiqué. Le matou Gagarine reposait en boule sur le lit et ouvrit un œil. L'animal ne lui était pas sympathique.

Un peu gêné, Matveï sautillait dans la pièce, puis il l'invita à s'asseoir – sur la chaise en bois, qu'il garnit d'un coussin pour la rendre plus confortable. Maria prit Krochka sur ses genoux et Matveï s'installa sur le lit à côté de Gagarine, qui se mit aussitôt à ronronner bruyamment.

Chat, dit Krochka. Elle s'était réveillée.

Je n'ai pas grand-chose à vous offrir, un cognac arménien, peut-être ?

Absolument, Matveï.

Maria Nikolaïevna se renfonça dans son siège, fit tourner le cognac dans son verre, ferma les yeux et dit : La vie est belle, non ? Puis elle rouvrit les yeux et poussa un soupir : C'est ce qu'il m'arrive de me dire, et même de croire. Vraiment, Matveï, je la trouve agréable, la vie dans ce monde.

Pourquoi devrais-je en douter ?

Je me suis plainte si amèrement de ma mère. Alors qu'elle est très seule. Je peste contre notre kommunalka et, bien sûr, je me fais du souci pour Ianka. Alors que c'est une jeune femme si intelligente. Elle comprend tout ce qu'elle voit et entend. Maria Nikolaïevna marqua une pause, comme si elle se demandait en son for intérieur si elle aussi comprenait ce qu'elle voyait et entendait. Cependant cette question lui paraissait trop compliquée et d'ailleurs elle n'était pas certaine de vouloir comprendre tout ce qu'il y avait à voir et à entendre. Mais quelque chose ne va pas, poursuivit-elle d'une voix implorante, je le sens. En tant que mère je le sens. Qu'est-ce que je dois faire ? Maria Nikolaïevna tapota la tête de Krochka.

Vous ne pouvez rien faire.

C'est terrible, non ?

En effet, c'est terrible.

Nous avons une vie de merde.

Vous venez de dire que la vie était belle.

Ah, Matveï, vous êtes un drôle de numéro. Parfois, Matveï, je suis incapable de distinguer ce qui dans ma vie – dans ma façon d'agir et de décider – est vrai ou mensonger. Vous comprenez ? Aujourd'hui, je fais quelque chose ou j'ai une pensée, la pensée se fixe en moi et, le lendemain, je ne comprends déjà plus ce que j'ai fait ou pensé. Parfois même, ça se produit juste un instant plus tard. J'ai l'impression de gaspiller mes forces à des choses sans intérêt.

De quelles forces parlez-vous, chère Maria Nikolaïevna ?

De quelles forces ? Eh bien, de mes forces. Ou penseriez-vous que je n'ai pas de forces ?

Vous ne devriez pas plonger votre regard si profondément en vous-même. Encore un cognac ? Et dire que les gens n'ont toujours pas compris qu'il n'y a pas de bonheur personnel en dehors de l'intérêt général.

Et pourtant, c'est d'abord notre bonheur personnel qui nous intéresse, Matveï.

Il y a quelque chose que vous avez fondamentalement mal compris. Tchernychevski nous montre avec Vera Pavlova que selon les circonstances les courges ne survivent pas toutes et que les courges ne méritent pas toutes une vie meilleure. Il s'agit d'une utopie.

Je ne suis peut-être pas assez intelligente pour comprendre ce que vous dites, Matveï, cependant il me semble que vous vous contredisez. Mais je ne veux pas me quereller avec vous au sujet de Vera Pavlova. Vous connaissez certainement l'œuvre de Tchernychevski bien mieux que moi. Et d'ailleurs – quelle courge ?

Krochka se laissa glisser des genoux de Maria, se dirigea droit vers l'étagère et en tira un des coffrets. Matveï Aleksandrovitch la regarda fixement tandis qu'elle renversait le coffret intitulé *Stylos inutilisables* sur le sol et faisait disparaître une partie de son contenu sous le tapis. Comme Maria Nikolaïevna voulait se lever pour mettre un terme à ce jeu, Matveï la retint. Laissez l'enfant s'amuser tranquillement. Ce ne sont que de vieux stylos.

Vous collectionnez les stylos cassés ?

Je ne parlerais jamais de ces pièces uniques en ces termes. Regardez, par exemple, ce stylo auquel Krochka accorde en cet instant une attention si soutenue, car elle aussi semble savoir apprécier la beauté de cet objet. C'est un stylo à bille rouge dont la mine manque, ce qui le rend inutilisable, mais si on remplaçait la mine, ce que je me propose de faire depuis longtemps, il serait de nouveau parfaitement intact et même plus – brillant et magnifique. Regardez, ce stylo est rouge foncé et d'une forme élégante et élancée. Je l'ai trouvé l'an dernier, peu avant les journées fériées de mai, sous un siège du bus 17, alors que je me rendais au travail.

Maria Nikolaïevna considéra Matveï Aleksandrovich, elle était touchée et un peu ébahie. J'aimerais tant savoir comment vous étiez dans votre jeunesse, Matveï.

Je brûlais d'ardeur ; le matin, je me languissais de la journée et, le soir, de la nuit. Je, vous savez... Matveï Aleksandrovich s'interrompit.

Pourquoi vous ne continuez pas ?

Parce que j'étais convaincu, Maria Nikolaïevna, que vous ne me laisseriez pas parler jusqu'au bout, car vous avez l'esprit occupé de trop de choses différentes. N'est-ce pas le cas ?

Je vous en prie, continuez, Matveï.

Il s'éclaircit la gorge. Eh bien..., commença-t-il avant de s'interrompre derechef pour observer Krochka, qui venait de sortir un autre coffret, celui qui contenait les articles de journaux sur le thème *Révolution*, et étalait sur le sol les papiers soigneusement pliés.

Vous savez, Matveï, j'ai déjà du regret en pensant à ce moment que nous passons ici, dans votre chambre. Krochka, ravie, qui joue avec vos boîtes, et nous, qui sommes plongés dans une conversation. Dans un instant, il appartiendra déjà au passé. J'en pleurerais.

Ne vous gênez pas pour pleurer.

Grands dieux, je ne pleure pas si facilement. Il faut que je sois très affectée. Je ne me souviens plus quand j'ai pleuré pour la dernière fois. J'ai l'habitude de pleurer quand j'entends une chanson nostalgique ou que je vois un film émouvant, mais lorsqu'une chose est vraiment désagréable, je ne pleure pas.

Qu'est-ce que vous faites alors ?

Je mange quelque chose. Je dors. Je me dispute avec quelqu'un. Je m'achète un vêtement. Je fais un échange. Je me dis : Secoue-toi, demain ça ira mieux.

Je comprends, vous avez quelques stratégies utiles. Pourtant, j'ai parfois l'impression que vous vous sentez seule. Et je me demande pourquoi une femme – excusez-moi d'être aussi direct – qui possède votre silhouette, vos traits réguliers, votre élégance et votre intelligence se sent seule.

Ah, Matveï, dans quel coin de ma chambre est-ce que je devrais me sentir seule ?

Dans votre cœur, peut-être.

Vous êtes en veine de pathos. C'est peut-être dû à la mort de notre secrétaire général. Elle semble vous avoir bouleversé. Quant à moi, pour être honnête, tout ça m'indiffère.

Matveï Aleksandrovitch ôta doucement à Krochka la sauterelle desséchée qu'elle avait sortie du coffret *Datcha* pour lui arracher l'une après l'autre d'abord les ailes, puis les pattes. Il posa précautionneusement le tronc de l'insecte sur le bureau. Entre-temps, Krochka avait découvert une boîte contenant des bonbons. Maria Nikolaïevna voulut lui prendre les friandises, mais Matveï la retint.

Laissez, ces bonbons, je ne les ai pas trouvés, je les ai achetés récemment. Krochka, donne-m'en un. Matveï et Krochka sucèrent des bonbons et la pièce se remplit d'un arôme de menthe.

C'était l'odeur de l'été avec Valentin. Lorsque Maria et lui avaient commencé à sortir ensemble, ils se retrouvaient dans le parc, s'allongeaient dans l'herbe, elle, sur le dos, lui, sur le flanc, et il la regardait et l'étudiait. Tu te souviens de ton premier rêve ? Elle ne s'en souvenait évidemment pas, mais savait qu'il n'aurait pas lâché prise. J'ai rêvé que j'étais enfermée dans le corps d'un escargot. Ma langue était une épée dangereuse avec une infinité de dents minuscules. J'ai étendu précautionneusement mes cornes et j'ai vu devant moi un chemin, long, large et semé de cailloux. Les yeux de Valentin avaient brillé. Tu sais ce que ça signifie, Maria ? Elle ne le savait évidemment pas, ce rêve ne lui avait même pas paru bien trouvé, mais Valentin s'était répandu en interprétations profuses et nébuleuses. Il se montrait aussi patient et minutieux dans l'exploration du corps de Maria. Ta paupière droite tremble. Lorsqu'ils s'embrassaient, il s'interrompait et disait : Tu as remarqué ? Tes lèvres sont fraîches, aujourd'hui. Peu avant le dix-neuvième anniversaire de Maria, Valentin avait disparu du jour au lendemain. Ni ses parents ni ses amis n'avaient pu dire où il se trouvait. On avait supposé qu'il s'était engagé dans une base navale souterraine ou qu'il était parti à l'étranger en tant qu'espion.

Qu'est-ce que vous avez dit, Matveï ? Vous voulez bien me servir un autre cognac ?

Bien sûr.

Comment est-ce que vous faites la différence entre les déchets et les objets que vous collectez ?

C'est une bonne question, à laquelle je ne peux ou ne veux pas répondre. Mais je rends des comptes à leur endroit.

À qui ?

Je suis moi-même le vérificateur.

La porte s'ouvrit, un parfait inconnu passa la tête à l'intérieur et balaya la pièce d'un regard étonné. Matveï Aleksandrovitch s'apprêtait à lui demander s'il pouvait faire quelque chose pour lui quand l'étranger s'excusa en disant qu'il avait dû se tromper, qu'apparemment on avait déplacé quelques cloisons. Il disparut aussi vite qu'il était venu.

Maria regarda Matveï, qui était assis sur le lit, l'énorme matou sur les genoux. Vous avez un coffret sur moi, Matveï ? Il s'écoula un certain temps avant qu'il ne secoue la tête et pose sa main droite sur sa poitrine.

Ah, Matveï, allons donc écouter le concert de Ianka.

18

L'appartement était rempli d'inconnus qui traînaient entre l'entrée et la cuisine, fumaient, buvaient. Les quelques mots que Varvara Mikhaïlovna saisit au vol suffisaient à faire comprendre de quel côté basculerait le navire : avenir, fin, début, privilège, mer, territoires périphériques, mars, Moscou, momie, jardin, poisson, téléphone, guerre, optimisme, musique. Dans cette pagaille, elle put se rendre dans la chambre des Kossolapy sans être remarquée.

Personne, dans la kommunalka, n'était au courant de sa liaison avec le voisin Hippolyte Ivanovitch Kossolapy, et bien sûr il était un peu singulier de se retrouver clandestinement dans la pièce d'à côté, de se glisser dans le couloir comme une adolescente de quinze ans, mais c'était également excitant et, après ces rendez-vous, Varvara Mikhaïlovna se sentait toujours revigorée.

Cela avait commencé vers la fin de l'été précédent. On fêtait l'anniversaire du vieux professeur dans la cuisine, c'était plus bruyant et plus joyeux qu'à présent, et personne ne s'était formalisé de l'absence du professeur. Matveï Aleksandrovitch s'était engagé dans un discours volubile en son honneur, quand le voisin Kossolapy s'était penché inopinément vers Varvara et lui avait dit tout bas qu'elle l'intéressait depuis longtemps, que c'était la Providence qui les réunissait et qu'il était temps de se soumettre au destin. Varvara Mikhaïlovna lui avait répondu qu'elle réfléchirait à sa requête et qu'elle lui ferait savoir sa décision.

Varvara frappa trois coups longs et deux courts à la porte, leur signal de reconnaissance. Hippolyte Ivanovitch ouvrit, s'inclina et l'invita à entrer. Il portait son costume en lin clair et un pull à col roulé lilas. Avant que Varvara Mikhaïlovna ait pu dire un mot, il lui prit son manteau et la conduisit vers le canapé sur lequel avait été jeté un drap propre. Les dimensions spacieuses de la pièce suscitaient toujours une pointe d'envie chez Varvara.

Musique ?

Oui, mais pas de Chopin, s'il vous plaît. Varvara Mikhaïlovna s'assit sur le canapé et regarda autour d'elle. Les Kossolapy avaient changé quelques meubles de place et un nouveau tableau était accroché au mur. On y voyait un grand lézard bleu sur le bord supérieur et un petit lézard bleu sur le bord inférieur, entre les deux des ornements dans des tons pastel. Un tableau singulier.

Il n'y avait pas à cet endroit l'entrée triomphale de Pierre Ier à Moscou après la bataille de Poltava ?

Hippolyte Ivanovitch ne répondit pas. Il savait qu'elle le testait, car, dès le début de leur liaison, elle avait décrété que trop parler gâtait vite les bonnes choses, en conséquence de quoi elle s'était interdit les conversations inutiles avant et après les relations sexuelles.

La bouteille d'eau-de-vie de sureau était déjà sur la table basse, et Hippolyte Ivanovitch tira un disque de l'étagère et le plaça d'un geste ample sur le tourne-disque. Konstantin

Beliaev chantait une chanson sur des dames de Moscou courtisées par des messieurs à moustache dans une station thermale du Caucase. Hippolyte Ivanovitch balança les hanches en cadence, s'approcha à petits pas dansants de Varvara Mikhaïlovna et la fit se lever. Ils dansèrent en silence, écoutant le texte qui les faisait sourire tous deux aux mêmes endroits.

Hippolyte Ivanovitch déposa un léger baiser sur la nuque de Varvara Mikhaïlovna, puis se fraya un chemin vers sa bouche. Puis-je ? chuchota-t-il en commençant à déboutonner son chemisier.

Vous pouvez, dit Varvara Mikhaïlovna en posant sa main sur la sienne, mais lentement, mon cher. Elle recula d'un pas, retira sa jupe et son chemisier, ôta ses bas, puis laissa tomber les derniers voiles.

Dois-je éteindre la lumière ?

Comme vous voulez.

Il fit non de la tête en souriant, se déshabilla à son tour, et se retrouva nu et dans un état d'excitation visible devant elle. Pour dissimuler ce petit instant de gêne, ils dansèrent encore quelques mesures, puis ils se laissèrent aller sur le canapé et s'abandonnèrent à leur passion.

Peu après, ils étaient étendus côte à côte, le visage en feu, avec entre eux leurs ventres mous et indifférents. Il lui mordilla l'oreille, mais elle lui signifia qu'elle n'en avait pas envie ce jour-là. Il lui prit la main et lui caressa les doigts. Quel dommage, c'est déjà fini, dit-il, il se leva et se dirigea vers la fenêtre, où les Kossolapy avaient installé une petite cuisine privée : une plaque électrique et un réfrigérateur. Du café ? Il posa la bouilloire sur la plaque.

Je prendrais bien encore un schnaps, après quoi il faut que je file.

Vous n'avez pas loin à aller. Au fait, aujourd'hui, j'ai passé une bonne heure à nettoyer la bonde de la baignoire. Il faut que Ianka fasse plus attention.

Ianka ?

Personne d'autre n'a les cheveux longs à la kommunalka et personne ne prend autant de bains.

Varvara se tourna sur le dos, dressa les jambes à la verticale, les ouvrit, puis les referma.

Vous avez des jambes magnifiques, vous le savez ?

Varvara examina les veines qui luisaient, bleuâtres, sous la peau. Prends garde à ne pas tomber amoureux de moi.

Prends garde toi-même, Varenka !

Tu peux être tranquille, je suis bien éloignée de tomber amoureuse de toi.

Vraiment ?

Oui.

Puis-je savoir pourquoi, chère Varvara ?

C'est contraire à nos accords.

Je comprends. Mais cela m'intéresserait tout de même. Il commença à se rhabiller. De son côté, elle n'en avait pas encore envie, car c'était agréable d'être couchée nue sur le canapé.

Alors ? – il sortit du réfrigérateur deux boîtes de chair de crabe et les ouvrit. Pourquoi tu ne tomberas pas amoureuse de moi ?

Ça suffit, dit-elle. Vous ne touchez pas mon cœur, c'est tout.

C'est bien, car vous ne touchez pas non plus le mien. Nous reverrons-nous quand même ?

C'est inévitable.

Vous voulez votre chair de crabe sur une assiette ou directement dans la boîte ?

Dans la boîte, bien sûr. La chair de crabe était une rareté, et elle ne voulait pas savoir où le voisin l'avait dégotée. Il se rassit à côté d'elle sur le canapé et, tandis qu'il mangeait précautionneusement le crabe à la fourchette, elle l'observait de côté. Dites, Hippolyte Ivanovitch, vous vous êtes maquillé ?

Légèrement, j'ai mal dormi et j'étais un peu pâle.

Je comprends.

Vous prendrez tout de même un dernier café avant de partir ?

Ah, pourquoi pas ?

Pendant que Kossolapy préparait le café, elle se rhabilla, tripota un bon moment la fermeture du soutien-gorge de Maria et décida qu'à l'avenir elle ne le porterait plus. Elle plia le drap et tapota les coussins.

Du sucre, Varenka ?

Comme toujours. Mais, s'il vous plaît – je vous le demande instamment –, ne m'appelez pas tout le temps Varenka.

Tenez, Varvara Mikhaïlovna, votre café avec quatre cuillerées de sucre, ce qui, si je puis être honnête, me paraît un peu excessif, surtout si nous prenons en compte le fait que nous ne sommes plus de première jeunesse.

Contentez-vous de prendre en compte le fait de votre âge, s'il vous plaît. Quand vous dites « cuillerée », vous tordez la bouche, vous le saviez ?

Oui, je le savais. N'est-ce pas magnifique ?

À l'instant où Varvara Mikhaïlovna allait se fâcher du large sourire qu'il affichait, on frappa à la porte. Hippolyte Ivanovitch se figea, effrayé, et tendit l'oreille. Qui est-ce ? chuchota-t-elle. Il haussa les épaules et lui fit signe de se taire. On frappa à nouveau.

Varvara Mikhaïlovna, cachez-vous derrière le canapé.

Vous êtes fou ou quoi ?

Il la poussa derrière le rideau, où se trouvait le grand lit. Elle entendit Hippolyte Ivanovitch ouvrir la porte et parler à quelqu'un. C'était la voix de la Liebermann. Varvara Mikhaïlovna ouvrit l'un après l'autre tous les pots de crème qui se trouvaient sur la table de chevet de Lioubov Maksimovna et les huma. Le plus petit pot, un soin contour des yeux de Bulgarie, elle le fit disparaître dans la ceinture de sa jupe.

De l'autre côté du rideau, la Liebermann parlait d'une caisse, qui s'était d'abord trouvée à côté de la porte de la cuisine, puis devant la chambre du vieux professeur, un peu plus tard devant la porte des Karisen, et maintenant la caisse avait disparu. Tout était éphémère, on ne pouvait plus se fier à rien, Hippolyte Ivanovitch n'en était-il pas inquiet lui aussi, la veille un autre secrétaire général était mort, on venait de l'annoncer, et dans la cuisine le balai avait disparu lui aussi, depuis la veille déjà, ce soir on ne pouvait même plus entrer dans la cuisine avec tous ces voyous et ces prostituées, or il fallait absolument qu'elle balaie, il y avait de nouveau beaucoup de saleté, et elle s'était dit, les Kossolapy dans leur grande et belle chambre avec leur propre réfrigérateur, ils jouissent peut-être aussi du privilège d'un balai à eux qu'elle pourrait éventuellement emprunter. Varvara Mikhaïlovna entendit Hippolyte Ivanovitch sortir le balai de derrière l'armoire, et la Liebermann déclara que d'ailleurs un nouveau secrétaire général avait déjà été nommé, cela aussi on l'avait annoncé. Kossolapy se bornait à dire oui, merci, je vous en prie, volontiers. Puis il y eut du bruit, et Hippolyte Ivanovitch, le visage cramoisi, ouvrit le rideau. N'est-ce pas rassurant, cette sollicitude que nous avons les uns envers les autres ?

Bon, ça suffit. Varvara Mikhaïlovna enfila son manteau, fit glisser le petit pot de crème dans son sac à main et récupéra son écharpe en soie sur la patère à côté de la porte.

Hippolyte Ivanovitch lui prit la main. Ma femme rentre demain. J'ai bien peur que nous ne puissions plus nous voir pendant un certain temps.

Vous me faites penser à une souris qui a peur de tout, mon cher Hippolyte Ivanovitch. Nous nous reverrons dans un instant à la cuisine.

Varvara Mikhaïlovna sortit dans le couloir. Quelqu'un chantait la mort d'une voix enrouée. La porte de la chambre du professeur était entrouverte. Varvara jeta un regard à l'intérieur : la caisse et le balai étaient là, de même qu'une casserole encroûtée et une pile de dossiers. Quelqu'un avait tout simplement déposé ces objets à cet endroit. Par la brèche dans le plafond, Varvara aperçut à l'étage du dessus l'homme du bus, qui se disposait à présent à dérouler son grand tapis par-dessus le trou. Ça ne marchera pas, dit tout bas Varvara.

19

La porte s'ouvrit brusquement. Cette fois, c'était Andreï. B. G. est là !

Tu me fais marcher, dit Ianka.

Il est assis dans votre cuisine, tu n'as qu'à venir voir.

Comment il est ?

Vieux, trente ans passés. Il porte une cravate, des fringues de l'Ouest.

Et maintenant il est assis dans la cuisine.

Oui, c'est bizarre, il devait s'ennuyer. Et d'abord, qu'est-ce qu'il fait dans ce trou ?

Demande-lui.

Andreï cracha dans sa main et éteignit sa cigarette. Je ne veux pas lui parler.

Il est assis tout seul ?

Sina s'occupe de lui. Je l'en ai chargée. Mais ça ne tiendra pas longtemps. Il faut que tu sortes de ta chambre, maintenant.

Et Pavel ? Tu l'as vu ?

Il te laisse tomber. Je pense qu'il s'est fait renverser par le tramway. Plus de tête.

Ferme-la.

Si tu ne viens pas, je chante.

Ne te gêne pas.

Tu sais, Ianka, moi aussi je veux partir d'ici.

Et ?

Personne ne nous attend. Il prit la guitare et sortit, laissa la porte ouverte. Peu après, le silence se fit dans la cuisine, puis sa voix s'éleva.

C'est une drôle de compagnie que tu as invitée là, la cuisine est bondée. Varvara Mikhaïlovna était entrée et s'assit à côté de Ianka. L'anarchie a éclaté dans notre cuisine et tu n'y es pas, tu restes assise là comme Oblomov. Même la Liebermann est là, elle discute la situation de la Nation avec tes amis en kimono de soie et chapeau sur la tête.

Où est Krochka ?

Krochka est ta fille. Tu devrais savoir où elle est. Elle est sûrement avec ta mère. Tranquillise-toi. Ton maquillage a coulé. Approche. Varvara Mikhaïlovna prit un mouchoir et le passa sur les yeux de Ianka.

Pavel est là ?

Tu ne penses pas que ton Pavel viendrait voir où tu te caches s'il était là ? Qu'est-ce qui se passe, Ianka ?

Comment c'était à ton travail ? Pourquoi tu es si gaie ?

Aujourd'hui, j'ai eu une mère, aussi jeune que toi à l'époque. La pauvre petite a fait tout un cirque, mais elles finissent presque toutes par se répandre en jurons pendant les contractions. Pas toi, tu n'as pas juré, tu étais toute calme quand tu as mis ta fille au monde, ici, à la maison. Tu as même chanté, tu te souviens ? Seule ta mère s'est évanouie plusieurs fois sous l'effet de l'inquiétude. J'ai dû m'occuper en même temps de Maria, de toi et de Krochka.

Je ne me souviens pas.

Et quand j'ai placé la petite crevette sur ton sein, tu as dit merci. Regarde la magnifique petite fille que tu as mise au monde, j'ai dit, mais tu dormais déjà et tu ronflais, comme si tu venais de rentrer de ton travail de nuit. À sa naissance, Krochka avait l'air d'avoir toujours vécu. Ta mère a fini par se calmer et a pleuré d'attendrissement, alors je me suis retirée dans la cuisine et j'ai préparé le déjeuner.

Tu as vu B. G. toi aussi ? Je veux dire, dans la cuisine ?

Si c'est celui qui est le seul à avoir l'air à peu près raisonnable, alors il est là.

Tu lui as parlé ?

Bien sûr. Il m'a demandé si j'habitais ici, si je savais quand devait jouer une certaine Ianka.

Et qu'est-ce que tu as dit ?

Qu'est-ce que tu voulais que je dise ? J'ai dit que tu allais arriver.

Et ensuite ?

Rien. Ton Andreï chante comme un perdu. Pas mal du tout, je dois dire. Il a du talent.

Ce n'est pas mon Andreï. Mais ce sont mes chansons qu'il chante.

Alors viens et chante-les toi-même, tes chansons. Viens, mon petit poisson rouge, c'est ta soirée.

Vas-y, je te suis. Attends. Tu savais que le professeur s'était envolé ?

Oui. Et maintenant dépêche-toi, les gens n'attendront pas indéfiniment.

On frappa de nouveau, et sur le seuil apparurent sa mère et Matveï, ce dernier avec Krochka endormie dans les bras. Ils avaient l'air d'une petite famille.

Ianka ? Mais qu'est-ce que tu fais ici toute seule ?

Je ne peux pas.

Si tu es mal à l'aise, tu n'es pas du tout forcée de chanter. Ton Andreï divertit très bien le public.

Tu ne comprends rien.

Pourquoi est-ce que tu cries ? Qu'est-ce qu'on va penser de toi ?

Qui va penser quoi de moi ?

Tout le monde. Les invités. Matveï Aleksandrovitch. Moi.

Je suis censée m'inquiéter de ce que tu penses de moi ?

Je ne sais pas, dit Maria Nikolaïevna. Ta fille ?

Ianka prit l'enfant à Matveï, arracha ce faisant par mégarde un bras à Krochka, posa le bras sur la commode, serra l'enfant contre elle, la couvrit de baisers.

Tu lui fais peur, Ianka.

Je fais peur à ma fille ? Tu veux me dire comment je dois m'y prendre avec ma fille ?

Arrête, Ianka, je t'en prie, dit Maria d'un air crispé. Matveï Aleksandrovitch ne savait pitoyablement pas où se mettre.

Ianka posa Krochka par terre, saisit Maria par les épaules et la secoua. Avec quelle facilité son corps se laissait mouvoir, tout en douceur, sans opposer de résistance. D'ailleurs, avait-elle des limites, des contours fixes ? Puis Ianka eut l'impression que c'était elle-même qui était en face d'elle et se laissait secouer.

Maria ferma les yeux et se mit à fredonner. Ianka la lâcha : Qu'elle cesse donc de fredonner comme une dingue. Il fallait toujours qu'elle se mette en scène. Sous peu elle fondrait en larmes, elle se désintégrerait sous ses yeux, serait emportée par la prochaine bourrasque. Mais il ne se produisit rien de tel.

Allez dans la cuisine, dit Ianka, je vous rejoins dans un instant.

Maria Nikolaïevna acquiesça d'un signe de tête, prit Krochka et le bras arraché. Ce n'est pas si grave, marmonna-t-elle en sortant.

20

Ça devrait tenir pour l'instant, dit Matveï Aleksandrovitch. Il reposa son outil et regarda Maria par-dessus ses lunettes. Maria prit Krochka dans ses bras et lui caressa les cheveux, les yeux dans le vague.

Par la porte entrouverte on voyait passer dans le couloir des hommes vêtus de noir qui portaient des cerisiers en fleur. De la cuisine leur parvenait la voix d'Andreï, qui essayait de couvrir par son chant le troisième mouvement de la deuxième sonate pour piano de Chopin. Matveï se leva et ferma la porte. Il faut que je vous dise quelque chose, Maria Nikolaïevna.

Vous pouvez tout me dire, Matveï Aleksandrovitch, mais d'abord j'aurais besoin d'un autre cognac.

Bien sûr. Et je dois aussi avoir une boîte de chocolats quelque part…

Maria déposa Krochka sur le lit. Je ne veux pas de chocolats.

Alors je n'en mangerai pas non plus. Matveï prit un cognac et oublia de resservir Maria. Celle-ci lui prit d'autorité la bouteille et remplit son verre.

Parfois, il me semble que je n'ai rien fait comme il fallait avec Ianka, dit-elle après avoir bu une bonne gorgée.

Ianka devrait enfin se marier et déménager.

Ianka devrait déménager ?

Bien sûr, elle devrait déménager et vivre sa propre vie. Personne ne peut supporter cette promiscuité. Et qui s'occupe de l'enfant tant que Ianka loge ici ? Vous !

Mais je le fais avec plaisir. Sans Ianka je mourrais.

Vous ne mourriez heureusement pas.

Écoutez, dehors il fait silence tout à coup.

Il se peut que j'aie tué quelqu'un, aujourd'hui, dit tout bas Matveï.

Maria Nikolaïevna promena sa langue dans sa cavité buccale comme si elle cherchait quelque chose dans sa bouche. Il le vit distinctement : d'abord à gauche, puis à droite, la rangée des dents du haut, la rangée des dents du bas. Elle n'avait peut-être pas entendu.

Écoutez-moi donc, Maria Nikolaïevna, il se peut que j'aie tué quelqu'un, aujourd'hui.

Elle posa un doigt sur ses lèvres en désignant Krochka. Puis elle chuchota : Qu'est-ce qui va en résulter, Matveï ?

Était-ce la seule question intéressante dans cette affaire ? Qu'est-ce qui va en résulter ? *Qu'est-ce qui va en résulter* était une question à laquelle il n'avait pas de réponse. Peut-être qu'elle n'avait pas bien compris, ou alors elle n'avait pas toute sa raison, ou elle ne voulait pas avoir toute sa raison, ce qu'il pouvait tout à fait comprendre, parce que la raison n'offrait guère de marge de manœuvre. S'il partait du principe qu'il existait toujours de multiples interprétations possibles, qu'il ne pouvait donc jamais y avoir de jugement définitif, parce qu'on pouvait toujours tourner une chose dans tous les sens comme une boulette de viande dans la chapelure, alors l'idée du pardon brillait au loin. Camarade Matveï Aleksandrovitch, les conclusions de votre raisonnement sont fausses parce que vos présupposés sont faux. Si l'on suivait votre raisonnement, cela voudrait dire que le mal n'existe pas, ni dans la nature ni en vous. Ce que je voulais dire, c'est que je n'avais pas eu de mauvaises intentions. L'un ne conditionne-t-il pas l'autre ? Si, bien sûr, ou, attendez – n'est-ce pas le bien qui n'existe pas ? Il faut que vous vous décidiez. J'ai combien de temps ? Cela dépend de vous. Attendez, laissez-moi réfléchir, si on part du principe que notre mort est un fait établi, on pourrait demander pourquoi il y a de terribles maladies ou pourquoi des baleines se rendent sur la côte sans raison identifiable et meurent – et ce sans avoir voulu mourir. Bon, soyez franc : Avez-vous agi intentionnellement ? Vous voulez dire, était-ce mon intention que l'étudiant meure ? Bien sûr que non – mais, attendez, en fait, je ne m'en souviens pas.

Il était de retour, le terrible désordre de ses pensées, Matveï Aleksandrovitch s'était égaré, et c'était si ridicule de s'égarer dans cette pièce minuscule. Et cette femme, qui se tenait à côté de son bureau et caressait Gagarine, ne voulait pas savoir qui il avait tué ni pourquoi. Elle avait demandé : *Qu'est-ce qui va en résulter ?* Mais ne devait-il pas commencer par élucider d'où était venu ce malheur ? Ne devait-il pas se rendre au plus vite à l'institut, y reprendre la journée depuis le début ? Mais s'il vivait cette journée une deuxième fois, rien ne l'assurait qu'il puisse revivre ces mêmes heures avec Maria Nikolaïevna. Il devait donc se décider, et il articula avec peine : Ce n'était pas un meurtre, c'était un accident.

Ah, vous voyez, tant mieux, répondit Maria Nikolaïevna avec légèreté. Il y a des accidents, et des gens meurent.

Intelligente, merveilleuse Maria Nikolaïevna ! Elle l'avait compris. C'était un accident. Elle l'avait dit très justement. Elle avait tout compris. Et comme elle était jolie, comme toujours en vérité, tout son visage brillait à la claire lumière de sa grâce.

Vous savez, Maria, dit-il avec exubérance, empli d'un soulagement qui faisait presque dérailler sa voix, quand ma mère est morte, je suis allé dans la localité de mon enfance, et au fond de la pièce se trouvait le lit de la défunte. Des personnes dont le visage était à peine visible à la lumière vacillante des bougies m'ont serré la main, ont embrassé mon visage, C'est un grand malheur, disaient-elles. Et moi, le fils, j'étais là et je contemplais ma défunte mère, épuisée par l'agonie, raide et patiente. Et pourtant, il m'a semblé discerner un brin de curiosité sur ses traits, comme si peu avant la fin elle s'était demandé : Et maintenant, qu'est-ce qu'il y a ? Je l'ai veillée une nuit tout frissonnant, me réveillant en sursaut quand j'étais sur le point de m'endormir, je l'ai veillée une deuxième nuit, et la troisième nuit - vers deux heures du matin -, je me suis levé, je suis parti et je ne suis pas revenu. Non, je ne suis même pas revenu pour l'enterrement. Je me disais : Ça suffit, j'ai rempli mes obligations.

Maria Nikolaïevna s'était approchée de la fenêtre, mais elle ne regardait pas à l'extérieur, elle était tournée vers lui. Est-ce que ça signifie que vous n'avez pas assisté à l'enterrement de votre mère, Matveï ?

Il acquiesça d'un signe de tête.

Vous savez, Matveï, vous avez de l'humour, c'est une chose que j'apprécie chez vous. Vous rendez ces histoires si vivantes. Et vous ne reculez devant rien. Ça m'impressionne énormément. Où est-ce que vous allez chercher toutes ces idées ?

De quoi parlez-vous, Maria Nikolaïevna ?

Allons, Matveï. Je vous ai percé à jour. C'est si habile. Et si notre temps n'était pas si limité, je me laisserais aller à jouer avec vous. Malheureusement, cette journée touche déjà à sa fin et nous avons l'obligation… Elle fit deux pas dans sa direction.

Non, non, non. Matveï leva les mains en un geste de défense.

C'est ce qui est écrit.

Ça suffit, maintenant. Matveï commença à reclasser les objets que Krochka avait sortis des boîtes et répandus partout. Non, non, je vous assure, chère Maria Nikolaïevna, ce n'est pas un jeu.

Levez-vous, Matveï. Pourquoi vous êtes agenouillé comme ça sur le sol ? Je n'aime pas ça. Pouah, c'est indigne ! Elle s'agenouilla à son tour afin de l'aider à rassembler les stylos et à trier les articles de journaux. Et ils se déplaçaient tous deux à quatre pattes, se rapprochant l'un de l'autre comme incidemment, puis s'éloignant de nouveau.

Le stylo, vous savez, Matveï, celui dont vous avez parlé si joliment, je ne le retrouve pas, chuchota Maria Nikolaïevna.

Vous parlez du stylo rouge, n'est-ce pas ?

Oui, le stylo rouge foncé. Où est-ce qu'il peut être ?

Où est-ce qu'il peut être ? souffla-t-il les yeux clos. Il respirait l'haleine de Maria Nikolaïevna, du cognac et une gaieté désordonnée. Il sentait les battements de son propre cœur, qui dans sa détresse paraissait s'enfuir et faisait trembler tout son corps. Il était libéré de sa faute. Un dieu l'avait libéré. Ou était-ce l'ultime instant de bonheur qui lui était accordé avant de sombrer à jamais dans la faute ?

Toute cette tension se dissipa lorsque leurs têtes se cognèrent et que Maria Nikolaïevna s'écria sur un ton acerbe : Ce que vous avez la tête dure, Matveï ! Au fait, vous saviez que le cirque revient en ville ?

Non, quand est-ce que le cirque reviendra en ville ?

Dès la semaine prochaine. Je voudrais y aller avec Krochka. Vous aimeriez peut-être nous accompagner ?

Je vous remercie de votre offre, que je dois malheureusement décliner. Les clowns me font peur.

Vraiment ? Mais pourquoi ?

Ce sourire moqueur, c'est quand même désagréable.

21

Elle pourrait disparaître dans les montagnes, là où, enfant, elle partait faire du camping avec son père. Ils descendaient de voiture dans une clairière, regardaient autour d'eux et constataient qu'il n'y avait âme qui vive alentour. Juste la forêt, une mare, le ciel qui se reflétait éparpillé dans l'eau. Le père dressait la tente en silence, elle allait chercher de l'eau à l'étang, attendait que le père ait allumé le feu afin qu'elle puisse faire le repas. Elle savait que, les jours suivants, elle aurait son père tout à elle. Ils pêcheraient et vagabonderaient dans la forêt, et le père lui raconterait des histoires, et elle l'écouterait avec sérieux en essayant de ne pas poser de questions stupides. La nuit, ils reposent blottis l'un contre l'autre sous la tente, l'oreille tendue aux bruits de la forêt, il n'est pas exclu qu'il y ait même des ours et des lynx qui errent dans le coin. Ce sont les hérissons qui font les bruits les plus inquiétants. On dirait qu'une horde de brigands émettant des râles est à l'affût devant la tente avec des couteaux aiguisés. Mais elle n'a pas peur, à côté du père elle se sent en sécurité. Ce sont des moments de béatitude où il ne se passe rien. Quand le père dort, elle reste étendue là et imagine l'avenir. Elle aimerait être entourée de belles choses, et elle aimerait qu'on la laisse tranquille, qu'on lui adresse rarement la parole et qu'on lui en demande peu. Elle aimerait avoir le temps de réfléchir à la raison de son existence. Lorsqu'elle fait part de ces pensées au père, il rit. Je te souhaite de voir tes rêves se réaliser.

Pavel entra dans la chambre avec un grand étui à guitare, il jeta un regard alentour, referma la porte derrière lui, posa l'étui par terre et s'assit sur le lit à côté de Ianka. Il était un peu pâle, seules ses lèvres étaient d'un rouge luisant comme s'il avait mangé des cerises.

Ah, te voilà.

Ça n'a pas été simple, un sacré remue-ménage. Tu sais, Ianka, sans vouloir entrer dans les détails, je peux dire que le sort est sans pitié avec moi, comme la tempête avec un frêle esquif, mer mugissante, ballotté de-ci de-là, horrible.

Tu es dans la mauvaise pièce de théâtre, Pavel. Maintenant tu vas me raconter que, ce matin, tu avais une araignée d'une taille gigantesque sur la poitrine, pour me dire ensuite qu'il n'y avait pas d'araignée ?

Et tu pourrais répondre : Dans six jours, je serai de retour à Paris. Demain, nous nous asseyons dans le train express et c'est parti.

Ou plus approprié, peut-être : Nos deux âmes n'ont pas de réceptacle où elles pourraient s'unir. Chaque jour, je fais six verstes aller, six verstes retour, parce que je n'en peux plus d'amour pour vous, mais qu'est-ce qui m'attend chaque fois : votre indifférence.

Qui dit ça ?

Semion Semionovitch Medvedenko à Macha. Tu es allé à la cuisine, Pavel ?

Tout le monde t'attend. Toute la kommunalka. Ta mère, ta grand-mère et ta fille. Des amis d'Andreï que je ne connais pas et B. G. Andreï a arrêté de chanter, ils sont assis là tout silencieux et attendent ton entrée en scène.

C'est tout silencieux, tu dis ?

Même l'affreux matou est là à attendre, les oreilles dressées. Tu ne veux pas jeter un coup d'œil sur la guitare ?

Ianka regarda l'étui. Bien sûr, dit-elle, sans toutefois ouvrir l'étui. Ce n'est pas silencieux, écoute. Qu'est-ce que c'est que ce bruit ?

On est en train de raser la maison.

Non, ça ne ressemble pas à ça, on dirait une fête. Des gens qui s'amusent, qui boivent ensemble, bavardent et font des tours de magie.

C'est trompeur, Ianka.

Tu te souviens comment on s'est rencontrés ? On avait dix ans. Tu es venu me chercher à l'école et on a parlé de vers de terre.

Tu avais un énorme espace entre les incisives.

On a cherché mon père. Tu voulais connaître chaque détail de sa disparition, et tout ce que je savais, c'était ce que ma mère disait : Il s'est barré dans la taïga ! On a fouillé chaque arbuste, chaque buisson du parc, et comme on était fatigués, on s'est assis dans le grand pré, et tu as tressé mes cheveux en une longue natte. Plus tard, au camp de pionniers, la nuit je ne pouvais pas dormir et je rêvais à toi.

Dans l'étui il y a la guitare que tu souhaitais.

Merci. Peut-être que j'ai commis une erreur, autrefois, peut-être qu'on ne peut pas prétendre à la réciprocité de l'amour. Ianka tendit la main vers Pavel, mais ne put le toucher.

Si tu ne vas pas dans la cuisine…

Qu'est-ce qui peut m'arriver ?

Tu chantes si mal que tout le monde prend la fuite. Tu chantes si bien que B. G. vous emmène, toi et Krochka, à Leningrad – direct la grande scène. Il se pourrait aussi que tu chantes très bien, mais que personne ne comprenne ton art, que personne ne l'apprécie à sa juste valeur, qu'il provoque des bâillements. Ou que tu chantes mal et que tout le monde soit enthousiaste, mais que toi, tu aies honte et que tu ailles te terrer.

C'est ça, les possibilités ?

Il pourrait aussi arriver qu'ils disent : Ça allait, sans plus. Ou que tout le monde soit enthousiaste, mais que B. G. ne t'emmène pas à Leningrad et que tu restes ici avec nous. Ou que tout le monde soit enthousiaste et que seul B. G. trouve ça médiocre et provincial. Ou que ta grand-mère pleure d'attendrissement et que votre Matveï Aleksandrovitch, le brave communiste, aille le signaler, et que nous soyons tous mis en prison.

J'arrive. Vas-y déjà. J'ai encore besoin d'un instant.

Ianka ?

Pavel ?

Quand vous retournerez à Paris, vous m'emmènerez ? Vous voyez bien : un pays abruti, un peuple sans tenue, ajoutez l'ennui, la mauvaise nourriture. Emmenez-moi avec vous, je vous en prie.

Ianka acquiesça. Pavel ouvrit la fenêtre et s'envola.

Ianka tira la guitare de l'étui. Le vernis était brillant. Elle remit la guitare à sa place et sortit dans le couloir. À gauche, entre cuisine et porte d'entrée, il régnait une grande agitation, toutes les portes étaient ouvertes, des gens couraient de-ci de-là, portaient des bagages, des livres, des caisses, des casseroles. Personne ne lui prêtait attention, quelqu'un lança : Bon, mesdames et messieurs, il est temps d'y aller ! Un autre cherchait son manteau, quelqu'un toussa bruyamment et jura, J'ai bu de l'eau et avalé quelque chose de travers. Bête comme ses pieds. On s'en va. Personne ne reste ici. On n'a oublié personne ? Il faut fermer partout ! Dans toute cette confusion, Ianka entendit Kossolapy lancer : Mes amis, mes chers, très chers amis, un chagrin m'envahit au moment de prendre congé de notre vieille maison, de notre appartement, voyez donc, ces murs, comme s'ils prenaient congé de nous eux aussi. Vraiment, vous exagérez, cher Hippolyte Ivanovitch ! Puis la voix de la grand-mère : Matveï, vous savez où est ma nouvelle écharpe en soie ? Je vais essayer de la trouver, Varvara Mikhaïlovna, vous en aurez besoin, il fait froid, dehors c'est la tempête de neige. Ah, voilà notre Ianka ! Mais où tu étais passée, on t'attendait !

Matveï Aleksandrovitch, dites-moi, qu'est-ce qui se passe ici ?

Ce qui se passe ? demanda Matveï Aleksandrovitch, et déjà il avait redisparu dans la foule. Ianka saisit Kossolapy par la manche : Attendez, où est-ce qu'ils vont, tous ?

On rase la maison, il faut que tu te dépêches, cria Kossolapy, qui partit en courant.

On la rase ?

Ou on la transforme, personne ne sait vraiment. Dis-moi plutôt où je pourrais trouver mes savates en caoutchouc. Il faudrait que je parte pour Moscou régler quelques affaires importantes, susurra la Liebermann en passant en hâte. Allez-y, vous pouvez y aller ! Mais la tempête de neige ? Vous survivrez. Maman, je suis là, donne-moi ta valise, mais elle est toute légère, Matveï, la valise de ma mère est toute légère ! Tant mieux, chère Maria Nikolaïevna, donnez-moi la valise. Et maintenant, partons, allons, venez ! Et les Karisen ? Très juste, est-ce qu'on a informé les Karisen ? Quelqu'un a dû le faire. Mais est-ce qu'on peut y compter ? Vous avez de ces questions, il faut que nous y comptions. On ne doit pas oublier les jeunes gens ! Qui a dit cela, c'est vous, Varvara Mikhaïlovna ? Non, Matveï, ce doit être vous. Et l'enfant, où est l'enfant ? Donnez-moi le champagne et trinquons à la santé de ceux qui restent ! Pouah, ce n'est même pas du vrai champagne ! Matveï, vous voulez bien nous reparler des planètes ? Plus tard ! Accordez-moi une dernière minute ici, regardez comme les murs sont gris. Vous ne l'aviez jamais remarqué ? Non, je ne l'avais pas remarqué jusque-là. Voyez, ce n'est pas si grave. Maintenant, il faut vraiment y aller, il reste des bottes ici, la dernière éteindra la lumière.

Tous se bousculèrent pour sortir. Le silence revint.

Ils m'ont oubliée, se dit tout bas Ianka.

Elle traversa le couloir. De la ouate était accumulée par endroits sur le sol, sur un des tas était posé un écriteau affichant *Neige russe au début des mois d'hiver*, sur un autre, un écriteau *Neige russe à la fin des mois d'hiver*. Ianka continua à marcher jusqu'au bout, passant devant la chambre du professeur, devant la chambre des Karisen et, là où elle n'avait encore jamais été, elle trouva une autre porte.

Derrière s'étendait un paysage : le soleil était bas sur les eaux noires de la rivière, de l'autre côté l'usine brillait, auréolée de lumière électrique, avec, devant, la berge escarpée. Il faisait chaud comme par une soirée d'été, pourtant on discernait des restes de neige sur les surfaces herbeuses entre les collines. À l'est, le bosquet, sombre silhouette, et des cerisiers d'une petitesse inhabituelle déployaient toute la splendeur de leur floraison sous un ciel sans nuages.

Ianka resta simplement là un long moment, à regarder, avec la joie d'une convalescente qui sort pour la première fois après une longue maladie et sent un vent frais sur sa peau. Elle fit signe aux Karisen, qui s'éloignaient entre les collines, et s'inclina très bas.

Je remercie tous ceux qui m'ont accompagnée et soutenue dans l'écriture de ce roman.

pca
cmb
édition pré-presse
livres numériques

44400 Rezé

IMPRIM'VERT®

Achevé d'imprimer
en février 2025
par Corlet
14110 Condé-en-Normandie

Dépôt légal : février 2025
N° d'Imprimeur : 25010279
Imprimé en France